Eine literarische Blütenlese

Dietrich Lange

Eine literarische Blütenlese

»Anthologie«

Inhalt

Der Schriftsteller

Welch ein Wort! Doch was bedeutet es dem Wortsinne nach? Stellen jene Leute eine Schrift her, stellen sie diese auf, ab oder hin? Nein, sie stellen ihre Schrift weder hin noch her, weder auf noch ab.

Schrift meint doch im streng genommenen Sinn ein System von Zeichen, mit denen die Sprache lesbar gemacht werden kann. Demnach ist der Schriftsteller eher ein Schriftsetzer, denn er setzt die Laute so, dass ein anderer sie lesen kann und den Sinn versteht. (Doch der Schriftsetzer ist ein anderer Beruf!)

Meinen wir in dem Zusammenhang wirklich Schrift? Eher ist es doch das Schreiben. Er stellt ein Schreiben her, einen Brief, einen Roman, eine Abhandlung oder sonst ein schriftliches Erzeugnis. Er formuliert es, er verfasst es. Warum nennen wir ihn nicht Schreib- oder Schriftverfasser, Schreib- oder Schrifthersteller? Den Verfasser haben wir schon, ganz solo. Greifen wir auf den Autoren zurück, den lateinischen »auctor«, den französischen »auteur« = Autor, Verfasser. Es gibt aber auch noch den »Literaten«. Der kommt, wer hätte es gedacht, auch aus dem Lateinischen, s. »littera« = Buchstabe, Brief, das wiederum verwandt ist mit »litteratus« = gebildet, gelehrt. Daraus wurde dann die Literatur. Doch das schöne deutsche Wort Buchstabe ist in Verbindung zu bringen mit den Runen, die in Buchenstäbe geritzt wurden. Hier haben wir nicht das lateinische »littera«, aus dem für den Schriftsetzer die Letter wurde.

Wenn beim Schreiben sehr viel auf die lateinische Sprache zurückzuführen ist, warum bedienen wir uns nicht des »Skribenten«? Dazu nehmen wir noch den Dichter, der wiederum mit dem Lateinischen »dictare« übereinstimmt.

Für den Schriftsteller haben wir nun den Autoren, den Dichter, Journalisten, Literaten und auch den Skribenten. Es gibt aber auch den Poeten, den Reimeschmied, Schreiber, Romancier, Lyriker, Erzähler, Essayist, Dramatiker, Verseschmied, Federfuchser aber auch den Schreiberling usw.

Was aber nun sind wir, die gerne etwas für andere schreiben, wirklich? Das jedoch zu beurteilen liegt nicht allein bei uns. Es wird genug Kritiker, »Kritikaster« geben, die eure geistigen Ergüsse in der Luft zerreißen werden, Sie mögen euch Dilettanten, Stümper oder auch Phantasten nennen; lasst euch nicht beirren, denn ihr habt euren Geist strapaziert, unter geistigen und seelischen Schmerzen, in einem Zustand sinnlicher Freude und Lust einige Blatt Papier mit euren schriftlichen Ergüssen gefüllt. Auch wenn mancher dieser Literaturnörgler eure Werke in Grund und Boden stampfen würde, hört nicht auf sie, denn sie verstehen es nicht besser.

Macht nur weiter, keine Bange, ran ans Werk. Denn vielleicht werdet ihr dereinst auch eingehen in den literarischen Olymp, sitzen neben Goethe, Kleist, Schiller, Uhland, Karl May oder auch neben Anette von Droste-Hülshoff, Hedwig Courths-Mahler, Heinrich Böll und vielen, vielen anderen.

Lasst eurer Phantasie freien Lauf, die wir auf viel Papier mal mit, mal ohne Erfolg geschrieben haben. Vielleicht wird der eine oder andere von uns als »poeta laureatus« in den Literaten-Olymp eingehen. Wohl auf denn. Lasst uns beginnen!

Schreiben
Lust oder Frust?!
Leid oder Freud?!

Was ist für mich Schreiben?

Gerne allein sein! Der Phantasie freien Lauf geben! Die Gedanken wandern lassen mal hierhin, mal dorthin! Zu einer Frau, zu den Verwandten, zu Freunden, zu den Kindern, in die Nachbarschaft, durch den Stadtteil, durch Orte, an denen ich mal weilte, auch in die frühere Heimat, ins Universum, in die Unendlichkeit. Ist dies die erdichtete Einbildungskraft, ist es eine Schöpfergabe? Das klingt wohl doch reichlich arrogant!

Ich weiß nicht, was es ist, das Schreiben. Aber es ist für mich mehr Lust, mehr Freud als Frust und Leid, immer dann, wenn ich alleine bin. Ich bin viel allein! Vielleicht deshalb nicht einsam!

Dann sitze ich an meinem Computer, die Einfälle, neue Ideen kommen bei der Musik, die ich nebenbei höre, wie jetzt die »Pan Faszinationen« von Markus Felden. Mit den Klängen der wunderschönen, harmonischen Melodien und auch dem Inhalieren des Zigarettenrauches kommen die Eingebungen von ganz allein. Dann kann ich schreiben, worüber auch immer. Dazu aber brauche ich das Allein-sein, das In-mich-Hineinhören. Oft schweifen die Gedanken zurück in die Vergangenheit, in meine Kinderzeit, zu Geschwistern, zu Eltern, Onkeln, Tanten, zu Schulfreunden, die ich inzwischen alle überlebt habe. Erinnerungen werden wach an schöne, für mich damals auch wunderbare Stunden. Angeregt durch diese Rückschau fliegen meine Finger über die Tastatur und es scheint, als ob sie ganz alleine schrieben, ohne mein Dazutun.

Ich entsinne mich an einen Fall, als ich meine Eltern und meine Schwester das erste Mal nach dem Kriege besuchte, es war Oktober 1947. Dieser unselige Krieg hatte auch unserer Familie viel Schmerzliches beschert. Meine beiden Brüder gefallen, die Heimat, meine Gesundheit, Tante, Freunde, Bekannte – ja wohl auch meine geplante Zukunft – das alles war verloren. Da fragte mich mein Vater während eines gemeinsamen Spazierganges, was ich wohl werden wolle. Meine erste Antwort war: »Ich würde gerne Journalist werden, oder irgendetwas, das mit Schreiben zu tun hat!« Denn einen Beruf hatte ich nicht, war quasi von der Schule zum Soldaten gemacht worden.

Doch dieser Wunsch hat sich nie realisieren lassen. Die Verhältnisse waren eben dagegen. Nun, nach weiteren über fünfzig Jahren, ist diese Absicht, wenigstens als Hobby, mehr oder weniger in Erfüllung gegangen.

Immer wenn ich schreiben will, wie ich kann, dann macht es mir auch Spaß, dann ist es für mich Freude und Lust. Sollte mir allerdings jemand sagen, du musst jetzt dies oder jenes schreiben, dann komme ich in Bedrängnis, dann sträuben sich die Finger, dann fehlen mir die Einfälle, dann kommen mir keine fruchtbaren Gedanken. Ich finde nicht die richtigen Worte, um dem Schreibauftrag gemäß etwas Vernünftiges zustande bringen zu können.

Schnell verwandelt sich die Lust in den bedrückendsten Frust. Ich finde keinen Anfang, finde nie die richtigen Worte, auch nicht beim Konsum noch so vieler Zigaretten. Ich sitze vor dem Monitor, schreibe einige Zeilen, verwerfe sie, lösche wieder, fange von vorne an, mit dem gleichen Ergebnis. Ich hole mir ein Buch, dessen Inhalt möglicherweise etwas zu dem aufgetragenen Thema aussagen könnte. Ich blättere, finde nichts Entsprechendes. Lege das Buch wieder beiseite, fange an zu grübeln.

Dann wird aus der Lust ganz schnell der blanke Frust. Der einfältige Monitor sieht mich an und er sagt mir nichts! Vielleicht hilft ja eine Tasse schwarzer Kaffee – oder auch eine Zigarette mehr? Aber auch nur vielleicht! Ich höre mir Musik an, die mir auch nicht weiterhilft. Dann beschließe ich, fürs Erste diesen Auftrag zu vergessen, ganz etwas anderes zu tun. Wenn das Wetter danach ist, hole ich mir mein Fahrrad aus dem Keller und düse durch die Natur, in der Hoffnung, hier einige Fingerzeige, einen Anhaltspunkt für meine Schreibe zu bekommen.

In solchen Momenten wirkt das Schreiben auf mich wirklich entmutigend. Alle Lust ist verflogen, nur noch Frust und Ärger, Ärger über mich selbst beherrschen mein Denken. Ergebnis: Es läuft nichts mehr!

Doch irgendwann, nach einer durchschlafenen Nacht, einem sonnigen Morgen, einem gemütlichen, ausgedehnten Frühstück, dann geht es plötzlich, ohne große Anstrengung, weiter. Ich habe endlich eine Idee, wie ich den Schreibauftrag zu einem erträglichen Anfang und dann auch zu einem gelungenen Ende bringen kann.

Solche Fälle sind allerdings selten. Die manchmal quälende Mühsal eines anstrengenden Suchens nach Worten, nach vielleicht ausgefallen Formulierungen erlebe auch ich. Diese Suche jedoch ist nicht so bedrückend, dass ich verzagen möchte, nein, es ist befreiend, endlich eine angemessene, eine mich zufrieden stellende Lösung gefunden zu haben, sodass ich leicht aufatmen kann, mich wohlig zurücklehne, um diesen Erfolg plötzlicher Erkenntnis entspannt zu genießen.

Das wiederum lässt mich hoffen, auch weiterhin von der Muse geküsst zu werden, sodass mir auch künftig die Lust am Schreiben erhalten bleiben möge.

Paraphrase über den Gebrauch
von Fremdwörtern

»Wenn die Provenienz und besonders die Ingredienzien vieler Animalien notorisch wären, manch Polyphage würde zum Vegetarismus konvertieren.«

Mag die Ouvertüre dieser Introduktion in die Paraphrase über Fremdwörter in medias res geführt, exempli causa gegeben sein, exempli causa dafür, wie es nicht unbedingt sein sollte und wie es heute wohl nur noch in seltenen Ausnahmefällen, zum Beispiel hier, zu finden sein wird. Ceterum censeo, viele Köche, sprich: viele Fremdwörter, verderben den Brei, hier die allgemein verständliche deutsche Sprache.

Für den Suchenden, den Fragenden sei daher hier ein kleines Rezept gegeben, ein Rezept zur An- und Verwendung der deutschen Sprache und der ihr zur Verfügung stehenden Mittel schlechthin.

Recipe:

»Man nehme, nach sorgfältiger Prüfung, ein Sortiment deutscher Wörter, sichte deren Aussagekraft, wähle mehrfach vor der Zubereitung aus der Auswahl der Zutaten, verrühre, nachdem man alles in einen vorgewärmten Topf gegeben, mit den genau anzuwendenden grammatikalischen Regeln, verlängere und bereichere mit wohlklingenden Adjektiven, dämpfe danach mit den richtigen Tempi, deren Anwendung sich nach einiger Übung und etwas Gefühl recht bald erlernen lassen wird, schmecke nun, nachdem alles gut gegart, die Aussagekraft eines jeden Wortes, wäge und prüfe noch einmal deren Gehalt, würze das Ganze vorsichtig und behutsam mit pikanten Attributen, sublimiere das Erzeugnis, falls nötig und auch möglich, mit einer gut dosierten Prise Fremdwort, um es dann, cum grano salis, zum alsbaldigen Gebrauch zu servieren, wobei es, mit der nötigen Delikatesse gereicht, seine Wirkung sicher nicht verfehlen wird.«

Merke: Prüfe den Gast, dem du deine Speise zu reichen gedenkst. Nur einem Gourmet werden die Feinheiten, die du deinem Werk hast angedeihen lassen, die rechte Freude bereiten. Nur er wird deinem Erzeugnis die nötige Aufmerksamkeit widmen und seine Würze zu würdigen wissen.

Hast du, oh Leser, dieses Rezept über die Anwendung der deutschen Sprache, hast du alles, was sie dir bietet, richtig verdaut, auch entsprechend genossen? Dann, lieber Freund, oh sage mir, was ist es, was da mitklingt in den Worten, die der Autor dir sagt? Es ist dieser ganz spezielle, dieser einzigartige Geist des Sprechenden, den man aus jeder Sentenz, aus der Aussagekraft eines jeden Wortes, das er wählt, und wie er es gebraucht, erkennen kann. Meinst du nun, o amicus, der Geist, der Flug der Gedanken, sie sollen sich Flügel anlegen lassen in der Auswahl der Wörter?

Oh nein, frei wird der Wortschöpfer seine Gedanken schweifen lassen, um das, was er zu sagen hat, mit frei gewählten Wörtern so zu sagen, wie es ihm sein lebendiger Geist zur Freude seiner Mitmenschen eingegeben hat.

Doch hast du erst einmal erkannt, dass es der fruchtbare Geist und die Gedankenfreiheit sind, die sich in Worten und im Gebrauch derselben offenbaren, dann, mon ami, sei tolerant, versuche nicht dem Flug der Gedanken Zügel anzulegen. Jedem gewähre die Freude, in der deutschen oder in fremden Sprachen – soweit er ihrer mächtig ist – nach Ausdrücken zu suchen, die ihm seine Gedanken eingeben und deren Aussagekraft er ganz besonders schätzt.

Doch nun, my dear, nimm diese Paraphrase so, wie sie gemeint, als kleinen erheiternden und unverbindlichen Beitrag zum Thema, deren Quintessenz: Rede so, wie dir der Schnabel gewachsen ist, nun zum Schluss der Spruch des weisen Boethius angefügt sein mag:

»O si tacuisses, philosophus mansisses!«
(Wenn du geschwiegen hättest, wärst du ein Philosoph geblieben.)

Aus meinem früheren Leben

Ich wache auf. Ich reibe mir die Augen. Ich richte mich auf. Wo bin ich? Die Sonne scheint mir ins Gesicht. Es ist früh am Morgen. Heute wird sicher ein schöner Tag. Am Waldrand liege ich im Gras. Ich schaue mich um. Ich blicke zum Himmel empor. Weiße Wolken ziehen langsam gen Osten.

Ich muss aufstehen, unsere einzige Ziege melken. Ich mache mich auf, um mein Tagwerk zu beginnen. Doch dann höre ich Rufen, Schreien, Hufgetrappel. Mehr und mehr scheinen sich diese ungewöhnlichen Geräusche zu entfernen. Was ist das alles? Ich habe Schmerzen am Kopf, der Schädel brummt mir. Langsam komme ich zu mir. Ich rieche Rauch. Ich drehe mich um. Ich sehe meine Hütte brennen. Jetzt weiß ich wieder, was geschehen ist.

Eine Horde von gesetzlosen, räuberischen Schweden zog sengend und mordend durch die Lande. Sie hatten meine kleine Hütte angezündet, Als ich mich wehrte, schlug mir einer dieser wilden Gesellen mit einem Knüppel über den Kopf. Ich verlor das Bewusstsein. Meine Frau, unsere Magd, die Minna, und meine kleine Tochter hatten sich vorher in einem Strohhaufen versteckt.

Es war dieser beißende Brandgeruch, der mich wieder ins Leben zurückgebracht hatte. Schnell laufe ich zu meiner Hütte. Alles war bis auf den Grund niedergebrannt. Ich rufe, ich schreie nach meiner Frau, brülle ihren Namen, rufe nach der Magd, nach meiner kleinen Tochter Annie. Niemand antwortet. Dann sehe ich sie. Die beiden Frauen und meine Annie, totgeschlagen, viehisch ermordet liegen sie neben den Resten des Hauses. Wie es scheint, hatten die Mörder sie erst vergewaltigt und dann erschlagen. Ich stehe vor ihren geschändeten Körpern. Die Tränen laufen mir die Wangen hinunter. Verzweifelt, trostlos hocke ich neben den Leichen meiner Lieben. Elend und erbärmlich. Was soll nur aus mir werden, ohne meine Frau, ohne meine Tochter? Auch ich wäre lieber tot als lebendig. Ich fühle mich tot – lebendig tot!

Wie viel Zeit so vergangen war, weiß ich nicht. Es wird schon langsam dunkel. Ich nehme mir einen Spaten, hebe eine Grube aus, begrabe meine Liebste und lege neben sie meine treue Magd und meine kleine Tochter, die Annie. Ein Kreuz, das ich aus Ästen zusammenbinde, setze ich auf die Grabstelle.

Plötzlich höre ich leises Wiehern. Mein altes Pferd, der Hans, kommt langsam aus dem Dickicht hervor. Sein Anblick ist ein kleiner, tröstender Hoffnungsschimmer für mich. Ich schlinge meine Arme um seinen Hals und streichele seine mageren Flanken. Dann schwinge ich mich auf seinen Rücken, um diese Stätte des Grauens für immer zu verlassen. Was soll ich noch hier, frage ich mich. Hier gibt es keine Zukunft mehr für mich. Ohne bestimmtes Ziel reite ich mit meinem treuen Hans allein in eine dunkle, unbestimmte Zukunft, in eine unbekannte, ungewisse Ferne. Vielleicht könnte ich mich irgendwo bei einem Bauern für Speis und Trank und eine Schlafstatt verdingen?

Nachts bin ich immer weiter geritten, bloß fort, weit fort von dem bösen, elenden Ort. Der Morgen graut schon. Der Wald wird lichter. Wieder rieche ich Rauch. Ich steige vom Pferd, gehe langsam auf die Lichtung zu. Dann höre ich eine kleine, zarte Mädchenstimme singen: »Maikäfer, flieg, mein Vater ist im Krieg, meine Mutter ist in Pommerland, Pommerland ist abgebrannt, Maikäfer flieg …« Wo dieses Lied erklingt, da können keine Schweden sein. Dann sehe ich ein Mägdelein, vielleicht zwölf Jahre alt, sie könnte meine Tochter sein. Mit einem Eimer in der Hand geht sie zu der mageren Ziege, um sie zu melken.

Sie hatte mich noch nicht bemerkt. Ich trete auf die Lichtung hinaus, rufe ihr leise zu: »Hab keine Angst, ich tue dir nichts. Auch ich komme aus Pommerland, auch meine Hütte ist abgebrannt. Darf ich bei dir rasten?« Sie wollte weglaufen. Doch meine Worte hatten sie wohl beruhigt. Sie bleibt stehen, sieht mich fragend an, um dann zu antworten: »Komm nur näher. Aber ich habe nichts zu essen und zu trinken. Ich kann dir nichts anbieten.«

Ich trete heran und frage sie nach den Eltern. »Die sind tot«, sagt sie. »Ich bin ganz allein.« Dabei sieht sie mich mit ihren rehbraunen Augen an, die ängstlich, fragend aus ihrem schmalen Gesicht, forschend auf mir ruhen. Ich setze mich neben sie, frage nach ihrem Namen. »Ich bin Lieschen, bin ganz alleine und hüte meine Ziege. Die Schweden, die meine Eltern erschlagen haben, hatten sie und mich nicht gefunden. Ich war mit der Ziege gerade auf einer Lichtung im Wald. Dann habe ich das Geschrei und das wilde Toben von den Soldaten gehört. Da habe ich mich versteckt.« Nach einer kleinen Pause fährt sie fort: »Als es ruhig geworden war, bin ich zurück zu unserem Haus. Sie hatten es angesteckt, aber ich konnte das Feuer löschen, denn es brannte nicht richtig. Dann sah ich meine toten Eltern und habe sie begraben. Das alles war vor zwei Tagen.«

Ich erzähle ihr, wie die Schweden bei mir gehaust hatten und dass sie meine Frau, die kleine Annie und unsere Magd auch totgeschlagen haben. Uns beide verband das gleiche Schicksal. Schnell einigten wir uns. Ich würde mich um sie und die kleine Bauernwirtschaft kümmern. Sie war einverstanden, und für uns beide begann ein neuer Lebensabschnitt. Langsam gewöhnten wir uns aneinander. Sie sah in mir den getöteten Vater, ich in ihr meine kleine Tochter.

Mit viel Mühe richte ich nun die armselige Kate wieder her, bestelle ein kleines Stück Acker, um später auch etwas ernten zu können. Lieschen ist ein nettes, liebes Mädchen. Sie hat eine wunderbare Stimme und singt leise zärtliche Lieder. Meistens jedoch das Lied vom abgebrannten Pommerland. So leben wir still und bescheiden vor uns hin. Sie ist nun meine kleine Tochter.

Der Sommer neigt sich seinem Ende zu. Es beginnt zu herbsten. Das bisschen Getreide war gut gewachsen und ich erhoffe eine kleine, aber für uns beide ausreichende Ernte. Sicher würden wir den Winter gut überstehen können.

Dann, eines frühen Morgens, hören wir Waffengeklirr, raue Männerstimmen und Pferdegetrappel. Schnell kommen die Geräusche näher. Dann waren sie auch schon da. Weglaufen war nicht mehr möglich. Lieschen klammert sich an mich. Ihr kleiner Körper zittert und bebt. In dem Moment stürmt die wilde Schar auf uns zu.

»Gib uns Fleisch, gib uns Brot«, schreien sie mich an. Ich falle auf die Knie: »Ich habe doch nichts! Wir hungern auch«, schreie ich ihnen entgegen. In dem Moment richtet einer dieser raubenden und plündernden Gesellen seine Lanze auf mich, durchbohrt meine Brust. Ich schreie auf, falle nach hinten. Mein letzter Blick gilt Lieschen. Ich bin tot.

Ich wache auf. Ich reibe mir die Augen. Ich richte mich auf. Wo bin ich? Die Sonne scheint mir ins Gesicht. Ich schaue aus dem Fenster. Ich blinzele. Heute wird es sicher ein schöner Tag. Ich schaue mich um. Ich blicke zum Himmel empor. Weiße Wolken ziehen langsam gen Osten. Ich höre nur die Stille. Ich habe Schmerzen in der Brust. War ich gestorben? Hatte ich einen schlimmen Traum? Ich sitze in meinem Bett. Die Sonne strahlt hell vom Himmel und verkündet einen neuen, schönen Tag.

Alltägliches

Wie von selbst öffnen sich meine Augen. Nichts habe ich dazu getan. Immer noch bin ich müde. Na gut. Was soll's? Lang war die Nacht nicht gerade. Aber trotzdem. Ich habe geschlafen, wie, weiß ich nicht, denn ich war bewusstlos. Ein Blick zum Fenster hinaus. Stumm stelle ich fest, die Sonne scheint genauso müde durch den Dunst, wie ich aus den Augen schaue. Warum also sollte ich bei so einem tristen Wetter frisch aus müden Augen in den trüben Morgen blicken? Kein Wunder, dass ich mich so kaputt fühle.

Lustlos wälze ich mich aus dem Bett, schleiche, immer noch tranig, ins Badezimmer, absolviere in der gleichen Stimmung die übliche Morgenprozedur. Dann schlurfe ich in die Küche, um mir ein hoffentlich aufmunterndes Frühstück zuzubereiten. Das Wasser läuft durch den Kaffeefilter. Ich trotte die Treppe hinab, um mir die Zeitung zu holen.

Endlich, nach einigen zehn Minuten, sitze ich am Tisch, schlürfe den ersten Schluck des heißen Kaffees hinunter, der mich aber auch nicht aufmöbelt. Lustlos kaue ich an der Scheibe Brot, schlage die Zeitung auf, um festzustellen, welche Neuigkeiten des Tages heute auf mich warten. Man will ja auf dem Laufenden bleiben, wissen, was in der Welt so passiert.

Aber auch heute, wie Tag um Tag, nur Alltägliches: Der Staat hat kein Geld, die Ärmsten der Armen sollen weniger bekommen, denn irgendwo muss schließlich gespart werden. Auf der nächsten Seite, alle Parteien verlangen eine Erhöhung ihrer Diäten, denn sie opfern sich schließlich für das ganze Volk auf.

Weiter geblättert: Wieder einmal wird irgendwo die schönste junge Frau gesucht, Mädels, meldet euch, ihr habt alle eine Chance für ein Leben in Saus und Braus. Welches junge Mädchen ist denn nicht die Schönste im Land? Schon Schopenhauer bemerkte: »Mit den jungen Mädchen hat es die Natur auf das, was man im dramaturgischen Sinne einen Knalleffekt nennt, abgesehen.« Los, Mädels, mitmachen, jede von euch ist das totale, das absolute Glanzstück, der Saison, der Knalleffekt der Natur.

Weitergeblättert: Im Fußball hat der Heimatverein wieder einmal verloren. Wen wundert es, wenn die vom gegnerischen Verein mehr Geld bekommen, dann müssen sie ja auch gewinnen.

Weitergeblättert: Ein junger Rowdy hat einen alten Fußgänger umgefahren. Eine Gruppe von Rüpeln hat einer Oma die Handtasche geklaut, andere haben ein Auto gestohlen, wieder andere sind in eine Villa eingebrochen. Außerdem hat es auch mehrere Verkehrsunfälle mit Toten gegeben.

Alles alltäglich, sehr alltäglich, aber dann die Meldung: »Drei junge Mädchen haben einen jungen Mann überfallen, ihm Geld und das Handy entwendet, anschließend haben sie ihn nacheinander vergewaltigt«.

Das ist nun wirklich nicht mehr alltäglich.

Auch Werbung

Die Pausenklingel läutet. Aus den Klassen stürzen die Kinder auf den Schulhof. Geschrei, Gejohle, ein wildes Durcheinander auf dem weitläufigen Gelände. Ganz langsam beruhigt sich die Kinderschar. Es bilden sich kleine Gruppen. Die Gruppe der Fünftklässler sticht besonders hervor. Hier stehen einige Mädchen der fünften Klasse beieinander, dort etwas entfernt von den Mädchen versammeln sich die Jungens. Bei denen geht es außerordentlich laut zu. Einige rempeln sich an, andere fachsimpeln kenntnisreich über die letzten Fußballergebnisse und die letzten Auftritte ihrer Vereine.

Einer der Jungens, der blonde, etwas schmächtige Jürgen, steht abseits der Gruppe und zeigt dafür kein Interesse. Er schlendert zwischen den einzelnen Gruppen hin und her, scheint sich aber zu keiner besonders hingezogen zu fühlen. Langsam nähert er sich dem Mädchenschwarm. Auch dort steht die kleine Clarissa – sie wird nur Lizzy gerufen – abseits von ihren Klassenkameradinnen. Ihr langes dunkles Haar weht leicht im Wind. Lustlos kaut sie an ihrem Pausenbrot. Ihr Blick fällt auf den herumstromernden Jürgen, der langsam näher kommt. Als er dicht vor ihr steht, steckt sie das angekaute Brot in ihre Umhängetasche.

»Na, schmeckt dir dein Brot nicht?«, fragt er so nebenher. »Nein, da ist Käse drauf, den mag ich nicht«, ist Lizzys knappe Antwort. »Ich hab hier noch ein paar Marsriegel. Vielleicht magst du die!« Mit einem schnellen Griff in seine Hosentasche holt er einen der beliebten Knabberriegel heraus und hält ihr den hin. »Au ja! Die mag ich gerne«, und geschwind greift sie zu. Sofort beißt sie ein großes Stück ab und kaut genießerisch darauf herum.

Jürgen strahlt sie an und gibt ihr noch einen Riegel. »Das ist nett von dir«, meint Lizzy. Jürgen fühlt sich geschmeichelt, reckt und streckt seinen schmächtigen Körper in die Höhe und Breite – er fühlt sich nun ganz Mann und erläutert jovial und leicht herablassend: »Mädchen sind eigentlich ziemlich blöd, aber du bist eine Ausnahme! Ich mag dich ganz gern, weil du nicht so bist wie die anderen Mädchen.«

Lizzy sieht ihn mit großen Augen verdutzt an. Unbeeindruckt von ihrem erstaunten Blick fährt er fort: »Das ist wirklich so. Viele Mädchen rennen rum wie dumme Hühner, tuscheln und lachen dauernd, wissen aber nicht warum. Du bist aber ganz anders.« Er macht eine Pause, um dann, leicht verlegen, mit hochrotem Kopf fortzufahren: »Sag mal, Lizzy, willst du mit mir gehen? Willst du meine Freundin sein?« Blasse Röte zieht über sein Gesicht, seine zusammengekniffenen Augen glänzen, seine Stimme bebt.

»Wenn du meinst, Jürgen! Ich finde dich auch ganz nett. Du bist nicht so frech wie viele von den Jungens. Gut! Dann bist du mein Freund. Hilfst du mir denn auch bei Mathe? Du weißt, da bin ich nicht so gut. Du kannst das besser.«

»Na, ist doch klar, mach ich!«

Die Pausenglocke läutet. Dicht nebeneinander streben die beiden ihrer Klasse zu.

Werbung hat nur Erfolg mit dem entscheidenden Aufwand.
Es ist hier die Frage, ob der Einsatz der Werbemittel lohnend sein wird?

Kindergeschichten

Monika, sie war gerade vier Jahre alt, kam still vor sich hinschluchzend nach Hause. Kleine Tränen kullerten ihr über die Wangen. Verschüchtert sah sie die Mama an, als die ihr die Tür geöffnet hatte.

»Was ist denn los, mein Kind?«, fragte die Mutter besorgt. »Hat dich der Heinzi wieder gehauen, oder hat er dich geärgert?«

»Nein, hat er nich«, war die tränenerstickte Antwort. »Ich muss aufs Klo«, lispelte Monika zaghaft zwischen den Zähnen hervor.

Mit breit gespreizten Beinen ging sie zur Toilette. Die Mutter sah fragend hinter ihr her und folgte ihr. Monika zog sich das Höschen aus und die Mutter bemerkte die Bescherung. Monika hatte sich in die Hosen gemacht.

»Du solltest dich schämen«, fuhr sie die kleine Monika an. »Ein so großes Mädchen macht sich doch nicht mehr in die Hosen!« Mamas Stimme war lauter und schärfer geworden.

Wie ein wilder Strom flossen nun die Tränen aus den Augen der kleinen Monika hervor.

Voller tiefster Verzweiflung brach es aus ihr heraus: »Wie muss ich das denn machen, wenn ich mich schämen soll?«

Eine junge Liebe

Im Dezember 1936 verzogen wir von Stralsund nach Gumbinnen. Ich war sehr neugierig und gespannt, was uns dort erwarten würde. Es war meine erste große Bahnreise. In Berlin waren wir allerdings schon öfter bei den Großeltern gewesen, aber das war ja nicht so weit von Stralsund entfernt.

Gumbinnen war eine gemütliche Stadt mit etwa 20.000 Einwohnern und vielleicht 5000 Soldaten. Es war eine richtige Garnisonsstadt mit Infanterie, Artillerie und Kavallerie. Man darf nicht vergessen, in der Nähe war das bedeutende Gestüt Trakehnen, wo in jedem Jahr die Remonten, die jungen, noch nicht zugerittenen Pferde, für die Kavallerie abgeholt wurden. Dann zogen Hunderte von diesen jungen Pferden, von den Mannschaften angetrieben, durch die Stadt. Sie kamen immer an unserem Haus vorbei, das dem größten Schlachter in der Stadt gehörte. Es war ein großes Eckhaus an der Königsstraße, der Hauptstraße von Gumbinnen.

Im Hof war die Schlachtstube, an der einen Seite die Tordurchfahrt und gegenüber eine große Scheune mit Stall für die beiden Pferde des Schlachters. Über dem Stall befand sich der Heuboden, in dem allerlei Gerät herumlag. Getrennt wurde der Hof von einem Durchgang, der uns beim Passieren in einen riesigen Garten führte. In einer schönen Steinbaracke wohnten die Gesellen des Schlachters. Auf den großen Rasenflächen, auf denen auch einige Obstbäume standen, konnten die Pferde grasen.

Es war Winter, die Straßen voller Schnee, damals ein Vergnügen für uns Kinder. Da noch Weihnachtsferien waren, empfanden wir diesen Orts- und Wohnungswechsel mit freudiger und wohltuender Neugier und in erwartungsfroher Stimmung.

Das Beste jedoch, was mir in Erinnerung geblieben ist, war die Tochter des Schlachters. Erst sehr zaghaft, dann jedoch mit der Zeit intensiver, begann die Bekanntschaft, ja Freundschaft mit Inge, einem blondbezopften Mädchen in unserem Alter.

Wir waren wohl gerade eine Woche in der neuen Wohnung, ich kam von der Straße, trat durch die Haustür, als hinter mir ein Mädchen auch ins Haus wollte. Sie war etwa in meinem Alter. Ich hielt ihr die Tür auf und blickte sie neugierig an. Auch sie musterte mich, wie mir schien, sehr eingehend, irgendwie aber auch kess, ging dann aber, ohne ein Wort zu sagen, in die Wohnung des Schlachters, unseres Hauswirtes. Sie wohnten im Erdgeschoss.

Ein eigenartiges, bisher nicht gekanntes Gefühl erfasste mich, während ich ihr nachsah und nach oben ging. Ich verkroch mich ins Zimmer, ohne meinen Brüdern etwas von meiner Begegnung zu sagen.

Das Bild des Mädchens ging mir nicht aus dem Kopf: Die blonden, leicht welligen Haare, zu losen Zöpfen geflochten, hingen lang auf dem Rücken herunter. Die Kapuze ihres Mantels hatte sie lässig vom Kopf gestreift, den sie stolz hochreckte. Über der Stirn und an den Seiten des niedlichen Gesichtes hingen wirr einige Strähnen herab. Zwischen den klaren, hellen Augen und den von der Kälte leicht geröteten Wangen lugte eine kleine Stupsnase hervor, unter der die vollen roten Lippen glänzten. Das runde Gesicht strahlte Wärme und Freundlichkeit aus, ließ aber auch ein gewisses Maß an Selbstbewusstsein und Stolz erkennen. Fließend und leicht waren ihre Bewegungen, elastisch und geschmeidig der Gang. Ihr kurzer Mantel gab den Blick frei auf wollbestrumpfte schlanke Beine, die aber doch fest und sicher auf dem Boden zu stehen schienen. Unter dem dicken Wollmantel konnte man die grazile, zierliche Gestalt des Mädchens erahnen.

Meine Gedanken kreisten immer wieder um das Bild, das mir das Mädchen geboten hatte. Es waren nicht nur die Äußerlichkeiten, die mich in meinen Gedanken beschäftigten, auch die sichtbare Neugier, die ich bei ihr zu erkennen glaubte. War es Neugier auf mich? Denn dieses Erlebnis war mein – nein, auch Inges Geheimnis. Nur uns beide ging es an, andere sollten nicht daran teilhaben.

Tagelang strich ich ums Haus, um sie wiederzusehen, mit ihr zu sprechen und ihr näher zu kommen. Ich weiß nicht mehr, wie viel Zeit verstrich, bis wir uns schließlich wieder trafen. Allen Mut fasste ich zusammen und sprach sie an. Nach einigem Herumdrucksen und -stottern schaffte ich es endlich, mit ihr vernünftig zu reden. Sie war das einzige Kind des Hausbesitzers. Auch sie fragte mich nach meiner Familie aus. Unsere Gespräche wurden intensiver. Leider hatten wir nicht den gleichen Schulweg, denn damals gab es noch nicht die Koedukation an den Schulen. Doch endlich war das Eis gebrochen und wir sahen uns nun öfter.

Natürlich konnte auch meinen Brüdern Inges Existenz nicht lange verborgen bleiben. Auch sie bemühten sich selbstverständlich, ihre Aufmerksamkeit zu erringen. Wenn Inge auch uns gegenüber immer neutral blieb, so trog mich sicher nicht mein Empfinden, dass ihre Beziehung zu mir doch etwas feinfühliger, empfindsamer, ja innerlicher war. (Oder war das nur Wunschdenken?)

Hier, auf diesem Grundstück, konnten wir uns mit tatkräftiger Unterstützung von Inge frei bewegen, niemand verbot uns die Erforschung der für Jungens so interessanten Nachbarschaft in dieser immer noch fremden Umwelt. Neugierig erkundeten wir alles und waren häufig auf Entdeckungstour.

In bester Erinnerung geblieben sind mir die Streifzüge mit dem Fahrrad in die wunderschöne nähere Umgebung während der Frühlings- und Sommerzeit. Aber auch der

Hof, die Scheune, der riesige Garten wurden gemeinsam erforscht. Beinahe überall fanden sich Plätzchen und kleine verschwiegene Orte für harmlose Spielereien und Neckereien, die in ihrer Art leicht und locker, einfach und kindlich, aber wohl doch für die später einmal unentbehrliche Annäherung an das andere Geschlecht sehr förderlich, dann aber auch sehr ersprießlich sein können.

Während der gemeinsamen Streifzüge durch die reizvolle Umgebung, nach Jagden mit dem Rad, nach viel Rennerei und Hascherei, nach harmlosen, unbeschwerten Spielchen, lagen wir im Gras, kauten auf den Grashalmen, sahen den Wolken nach und versuchten durch für uns damals tief schürfende Gespräche dem anderen näher zu kommen, aber auch die großen Geheimnisse dieser Welt im Allgemeinen und die unserer Zukunft im Besonderen zu ergründen.

Auch meine Brüder waren bemüht, die ganz spezielle Aufmerksamkeit von Inge auf sich zu lenken. Es kam, wie es kommen musste. Für mich wurde es immer schwieriger, mit ihr allein zu sein. Schon damals ging mir auf, zu welch gnadenlosem Kampf Rivalen um die Gunst eines Mädchens fähig sind. Jeder von uns buhlte um sie, nur um seine Chance und sein Ansehen bei ihr zu steigern. Eifersüchtig auf meine Brüder, versuchte ich immer wieder, Inge für mich allein zu gewinnen. Doch es half alles nichts, ich war der Jüngste, ich war der Kleinste und hatte sicher nicht mehr Glück bei ihr als meine Brüder. Denn sie, wohl doch schon von weiblichem Instinkt geprägt, gab keinem von uns den Vorzug. Zu allen war sie immer gleich nett, auf die gleiche Art freundlich, entgegenkommend und kameradschaftlich.

Trotz allem war es eine herrliche, eine wunderschöne, irgendwie aber auch zauberhafte Zeit, die ich auch heute noch sehr intensiv nacherleben kann. Ihr schnelles und jähes Ende kam mit dem Tod meiner Mutter. Kurz nach diesem für mich so bedrückenden Ausgang eines mich doch sehr prägenden Lebensabschnittes verzogen wir nach Königsberg.

Das kleine Glück

Es war Spätsommer 1946. Die Sonne schien von einem strahlend blauen Himmel. Vor kurzem hatte ich wieder gehen gelernt, aber nur am Stock. Wir verwundeten Landser in den vielen Lazaretten dieser Stadt in der amerikanischen Besatzungszone galten alle noch als Kriegsgefangene. Daher durften wir nicht allein und ohne Bewachung auf die Straße.

Mich peinigten furchtbare Zahnschmerzen. Ich musste zu einem Zahnarzt. Da es in unserem Lazarett keinen gab, wurde ich von einer Schwester in ein anderes Lazarett zum dortigen Zahnarzt geführt. Es war ein schöner Spätsommertag. Die freundliche Rote-Kreuz-Schwester führte mich mit langsamen Schritten vorbei an zerstörten Häusern, aufgerissenen Bombentrichtern in den Straßen und Ziegelhaufen mitten durch die Stadt zu dem Lazarett, in dem es auch einen Zahnarzt gab.

Es war dies das erste Mal, dass ich nach meiner Verwundung und mehreren Operationen und nach dem Ende des schrecklichen Mordens durch eine vom sinnlosen Krieg zerstörte Stadt ging. Aber nicht allein, nicht frei, sondern unter Bewachung, wenn diese auch freundlich und sehr zuvorkommend war. Das Gehen am Stock bereitete mir immer noch Schmerzen. Es ging nur langsam voran. Dazu kamen die wilden Zahnschmerzen. Das alles ergab keinen Anlass, der mich hätte fröhlich stimmen können.

Dazu auch noch der Anblick der Trümmer, der ausgemergelten Menschen, der kaputten Häuser und aufgerissenen Straßen. Trotz des herrlichen Wetters wahrlich kein Bild, das einem Lebensfreude und Frohsinn einflößen konnte. So schlich ich, mehr als ich ging, neben der Schwester durch zerwühlte Straßen, vorbei an Häuserruinen, und schlängelte mich missmutig und niedergeschlagen an den vielen Bombentrichtern vorbei.

Ich bemerkte die Blicke der Vorübergehenden, von Kindern, die mich anstaunten, aber auch mitleidige Blicke auf den ausgemergelten, schmalen Zwanzigjährigen, der ihnen am Stock in Begleitung einer Schwester entgegenwankte. (War das vielleicht ein gefährlicher Kriegsverbrecher, mochten manche wohl denken, weil er nicht allein, sondern in Begleitung war?) Solche und ähnliche Gedanken schossen mir durch den Kopf.

Eine hagere Frau kam schräg über die Straße und trat auf uns zu. Eine Frau mittleren Alters. Sie hätte meine Mutter sein können. Ein abgeschabter Rock, eine verwaschene Strickjacke bedeckten den ausgezehrten Körper. Sie blieb vor mir stehen, sah mir mitleidig ins Gesicht, nestelte an ihrem Beutel, aus dem sie ein altes Portemonnaie herausnahm, und gab mir eine 500-g Brotmarke.

»Da, nehmen Sie nur! Sie haben es sicher nötig. Sie sehen so verhungert aus!« Ich stutzte, hob die Hand, in die sie mir die Brotmarke hineinlegte. Bevor ich mich bedanken konnte, fuhr sie fort: »Mein Sohn ist auch noch nicht heimgekommen. Vielleicht helfen ihm auch andere Mütter, um über diese schlechten Zeiten hinwegzukommen«, versuchte sie zu erklären. Ich stotterte ein »Dankeschön«. Die Frau wandte sich um und ließ uns stehen. Die Schwester nahm mich am Arm und meinte: »Da siehst du mal, es gibt auch immer noch nette Menschen. Nun komm, wir müssen weiter. Das Brot holen wir uns auf dem Rückweg.«

Betroffen von dieser Herzlichkeit, vergaß ich die Schmerzen. Meine Gedanken gingen zu der netten Frau, die einem jungen ehemaligen Soldaten mit dieser Gabe ein kleines Glück beschert hatte, ein kleines Glück, das von Herzen kam, trotz dieser so trüben, scheinbar ausweglosen Lage. Es war dieses kleine Glück, das ich nie vergessen habe.

❖

Begegnung

Vor langer Zeit hatte ich eine für mich ganz außergewöhnliche Begegnung, die ich bis heute nicht vergessen habe. Obwohl das Ereignis schon viele Jahre zurückliegt, ist es mir auch jetzt noch immer gegenwärtig.

Ich stand an einer Haltestelle und wartete bei schönem Sonnenschein mit mehreren anderen Leuten auf die Bahn. Nach einer Weile des Wartens trat eine junge, hübsche Frau heran. Sie war hochschwanger. Ihr geblümtes Kleid wölbte sich unübersehbar über ihrem Leib. Nicht nur deshalb fiel sie mir auf.

Ich sah ihr bezauberndes, reine Mütterlichkeit ausstrahlendes Gesicht. Es war von vollen blonden Locken umrahmt. Hell strahlende blaue Augen blickten glücklich und vertrauensvoll umher, als wollte sie die Menschen um sich herum aufmunternd und charmant auf ihren Zustand aufmerksam machen, so als ob alle Welt das große Glück ihrer Schwangerschaft erfahren sollte.

»Seht her, ich erwarte ein Kind, ich bin sehr glücklich und freue mich, diesem meinem Kind bald das Leben schenken zu können. Ihr alle sollt an meiner Freude, an der Gnade meiner Schwangerschaft teilhaben.«

Die sehr innige, in sich gekehrte Liebe zu diesem Kind, das noch gar nicht geboren war, sprach aus den strahlenden Augen. Auch die anmutigen Bewegungen beim Hin- und Hergehen, die erwartungsfrohe Ausgeglichenheit, gepaart mit mütterlicher Obhut und innerer, unverkennbar stiller und heiterer Zufriedenheit sowie einem tiefen Seelenfrieden, dies alles strahlte ihr rundes Gesicht aus. Die offene, fröhliche und selbstsichere Unbefangenheit der werdenden Mutter bestimmten mich, ihr meine Achtung und Zuneigung, die ich in diesem Moment für sie und ihren Zustand empfand, auszudrücken.

Ich ging in den gegenüberliegenden Blumenladen, erstand eine langstielige rote Rose, die ich ihr mit den Worten überreichte: »Ich wünsche Ihnen und Ihrem Kind, aber auch Ihrer Familie alles Gute und die beste Gesundheit. Ihr Anblick hat mich so sehr erfreut, dass ich nicht anders kann, als Ihnen diese kleine Aufmerksamkeit zu schenken. Ich danke Ihnen!«

Sie sah mich erstaunt an, nahm die Rose und wandte sich der inzwischen haltenden Straßenbahn zu, um einzusteigen. Ich trat einige Schritte zurück und sah ihr nach.

Leicht hob sie eine Hand, winkte mir kurz zu; die Straßenbahn fuhr an.

Regentropfen

Hinter dunklen, dicken Wolken lugt die Sonne hervor. Sie bescheint die nasse Landschaft, der ein warmer, fruchtbarer Duft entströmt. Die letzten Tropfen des Regengusses schaukeln langsam zur Erde hinunter. Im hellen Sonnenschein kann man die dicken, glänzenden Regentropfen dem Boden entgegentaumeln sehen.

Ein dicker, hell schimmernder Regentropf blickt sich beseligt um. Er erfreut sich am leichten Flug durch die Lüfte, schwankt hin und her, ist voller Neugier und freut sich über den Anblick seiner vielen Genossen, die gleich ihm durch die warme Luft schweben.

Unter den vielen seinesgleichen sind sehr schlanke, aber auch richtig fette, dicke, dann wieder zierliche und schöne Tropfen. Als heiterer, lustbetonter Regentropf sieht er sich nach manch einer schönen, glitzernden, zierlichen Regentröpfin um. Er schwärmt von diesen schlanken, strahlenden Regentröpfinnen. Schon bei der Vorstellung dieser attraktiven Genossinnen kommt er in ein schmachtendes, schwärmendes Träumen.

Plötzlich, etwas unter ihm, sieht er eine kleine, sehr grazile, hell glitzernde, wunderbar geformte Regentröpfin. Seine Blicke verschlingen sie. Bewundernd himmelt er sie an, ist von ihrem Charme, der Grazie und dem Liebreiz nahezu geblendet. Mit heftigen Bewegungen schaukelt er sich immer näher an sie heran. Es gelingt.

Nun, dicht an dicht, pendeln beide der Erde entgegen. Er strahlt sie an. Auch sie mustert ihn, ist von seiner Kraft, seiner Stärke, der eleganten, wohlgeformten Gestalt, dem Leuchten seines Äußeren hell begeistert.

Sie kommen sich näher und näher. Schelmisch lächelt sie ihn an. Ein tiefer Seufzer entringt sich seinem Leib, ein breites Grinsen zieht über sein Gesicht. Eng schmiegt er sich an ihre zarte Figur, sie umarmen sich inniglich und liebevoll. Unsägliches Glück erfasst beide. Sie verschmelzen, ganz dicht aneinander gepresst, selig, unzertrennlich, vereint, ja eins geworden. So taumeln sie, fallen, stürzen der Erde entgegen. Feurig ineinander verschmolzen, selig in ihrer nun vergangenen Zweisamkeit, aus der bereits ein einzelner beglückter, verzauberter, vor Liebe trunkener großer Regentropfen geworden ist.

Dann ein lauter, heftiger Platsch, der die tief und innig, eng und fest miteinander verbundenen Liebenden auf einem trostlosen Straßenpflaster plötzlich und abrupt, gefühllos und barbarisch beendet.

Auch Regentropfen können lieben!

Wie Bremen zu seinem Wetter kam

Bei Renovierungsarbeiten vor einigen Jahren fand man im Dom zu Bremen neben einigen kostbaren alten Reliquien auch eine offensichtlich uralte, schon brüchige Handschrift. Nach vielen langwierigen Bemühungen ist es einer Reihe von international bedeutenden Wissenschaftlern gelungen, dieses Manuskript zu entziffern.

Vor allen Dingen waren die Bremer Wissenschaftler überrascht, als sie erstmalig diese alte Geschichte über ihre Heimatstadt in Händen hielten. Da die Früh- und Vorgeschichte Bremens tief im Dunkel der Vergangenheit ruht, waren sie umso erfreuter, nun wohl doch neue Erkenntnisse zum Werdegang ihrer Stadt beitragen zu können.

Unserem Autor ist es gelungen, erste Einblicke in die Übersetzung dieser alten Schrift zu nehmen, um sie auch einem breiteren interessierten Publikum bekannt zu machen. Um alle Zweifel auszuschließen, eine entsprechende Autorisierung liegt vor. Hier nun die Übersetzung aus dem in lateinischer Sprache abgefassten Bericht:

Als der liebe Gott die Welt erschaffen hatte, machte er sich anschließend daran, auch das Wetter nach seinem weisen Ratschluss überall auf der Erde zu verteilen. Er packte also das ganze Wettergeschehen – das gab es damals natürlich auch schon, so wie wir es heute noch kennen: den klaren Sonnenschein, den feinen Regen, aber auch den Wolkenbruch, den wilden Sturm, das linde Lüftchen sowie Schnee, Hagel, Eis, die Wärme und große Kälte, eben alles, was das Wetter so mit sich bringt – in einen großen Sack, fuhr zur Erde hinunter und schaffte jedes dieser Wetterereignisse an die Stelle auf der Erde, die er nach kluger Berechnung dafür ausersehen hatte.

Nach dieser schwierigen und auch für Gott sehr anstrengenden Arbeit, begab er sich wieder in den Himmel, lehnte sich in seinen

Sessel zurück und begutachtete von dort aus in aller Ruhe sein Werk. Als er seinen Blick wohlgemut über dieses gelungene Unternehmen schweifen ließ, bemerkte er zu seinem Erstaunen, dass Bremen gar kein Wetter abbekommen hatte. Mit seinen Fingern fuhr er sich durch den langen Bart und grübelte darüber nach, wie dieses Missgeschick hatte geschehen können. Hatte er sich doch genau ausgerechnet, wie viel er vom Wetter mitnehmen musste, um alle Teile der Erde auch entsprechend zu bedenken.

Er konnte sich nicht vorstellen, sich so verrechnet zu haben. Aber wo lag das Problem? Nun, tief in seinen Gedanken versunken, wurde er durch lauten Lärm aus den hintersten Ecken des Himmels aufgeschreckt. Er wusste, dass niemand um diese Zeit dort etwas zu suchen hatte. Zornig erhob er sich aus seinem Sessel, um der Ursache dieses ungehörigen Lärmes nachzugehen. Überrascht war er, als er den Grund für diesen ungesitteten Tumult und Radau erkannte. In unbekümmerter Jungenmanier, ohne Achtung vor dem heiligen Ort, stritt und prügelte sich dort wahrhaftig eine wilde Schar von Lausebengels.

Ein flinker, gewitzter Westwind balgte sich mit einem kleinen, dicklichen Donner, dem ein naseweiser Blitz zu Hilfe eilte. Ein schmaler, zierlicher Sonnenstrahl wurde von einer ganzen Horde Halbstarker verfolgt. Unter ihnen erkannte Gott den langen Lulatsch von Nebel, neben ihm den dümmlich dreinschauenden Nieselregen, dem ein hoch aufgeschossener und ausdauernder Wolkenbruch folgte. Aber auch der kleine und kurze Schauer machte bei der Verfolgung mit. Ein strammer Sonnenstrahl und der kräftige Nordwind wurden vor den Augen Gottes tatsächlich handgreiflich. Aber auch der kleine und gewitzte Sonnenstrahl schlängelte sich immer wieder durch die Horde der ihn verfolgenden Halbstarken und konnte sich so behaupten. Natürlich ging diese wilde Rangelei, wie man sich denken kann, nicht ohne erheblichen Radau ab.

Mit einem gewaltigen Donnerwetter fuhr der liebe Gott zwischen diese Bande und herrschte sie an: »Was macht ihr denn noch hier? Ich habe euch doch auf die Erde gebracht, um dort in rechter Art und Weise das Wetter zu machen, anstatt euch hier herumzuprügeln!«

»Ja, Herr, wir waren auch im Sack, in dem du uns zur Erde bringen wolltest. Aber wenn du dir einen Sack aussuchst, der so viele Löcher hat, dann können wir doch nichts dafür, dass wir Kleinen alle herausgefallen sind«, entgegnete der kesse und vorlaute Westwind. »Da wir nicht wussten, wohin wir sollten, sind wir eben in den Himmel zurückgeflogen!«

Natürlich waren sie nicht von selbst durch die Löcher hindurchgefallen, sondern hatten sich mit Müh und Not durch die Risse gezwängt, weil sie, wie alle Kinder, immer neugierig sind und immer wieder etwas anderes wollen als die Erwachsenen. So kam es, dass die ungebärdigsten und frechsten unter ihnen zusammengekommen waren und aus ihnen sich sofort eine kleine, wilde Halbstarkenbande bildete. Da niemand anderer in der Nähe war, prügelten sie sich eben untereinander.

Der liebe Gott besann sich nicht lange, packte die ganze Bande in einen anderen Sack – diesmal ohne Löcher – und brachte sie sofort zur Erde zurück, Richtung Bremen. Aber wie die Bengels nun einmal sind, konnten sie selbst jetzt keine Ruhe geben und tobten und wühlten im Sack umeinander.

Man kann sich vorstellen, wie schwer es ist, so einen Sack mit einer tobenden, raufenden und um sich schlagenden wilden Horde festzuhalten. So erging es auch dem lieben Gott. Mit viel Mühe schaffte er es bis Bremen, doch dann glitt ihm der Sack aus den Händen, der öffnete sich und die ganze Bagage fiel kunterbunt durcheinander auf Bremen herab. Selbst während des Sturzes konnten sie es nicht lassen, sich weiter zu prügeln, sich zu hauen und auszuschimpfen. Schließlich war dies ja die Gruppe der Frechsten, der Vorlautesten und Ungezogensten, die hier zusammengekommen waren. Denn all die anderen, die Netten, die Freundlichen und Ruhigen, hatte der liebe Gott doch schon vorher auf der Erde verteilt.

So weit der Inhalt der alten Schrift, die im Bremer Dom gefunden und übersetzt worden ist.

Jetzt können wir auch verstehen, wie es kommt, dass ausgerechnet Bremen auch heute noch so ein unmögliches Wetter hat. Denn immer noch schlägt sich der freche, vorlaute Westwind mit dem kleinen Sonnenstrahl, der lange Lulatsch von Nebel gibt keine Ruhe und mischt sich überall ein, der dümmliche Nieselregen hilft ihm dabei und zwischendurch meldet sich der kräftige Nordwest, der auch seinen Teil dazu beitragen will. Manchmal lässt er sich vom naseweisen Blitz und dem dicken Donner helfen. Hin und wieder gelingt es dem netten Sonnenstrahl, die Oberhand zu gewinnen, aber schnell ist dann der kleine, kurze Schauer da, vielleicht auch mal ein fetter Eisregen oder auch jemand anders aus der wilden Schar, die dem kleinen Sonnenstrahl die Herrschaft streitig machen.

So ist das Wetter in Bremen bis in alle Ewigkeit festgelegt, wenn auch nicht unbedingt nach Gottes Willen. Wir aber, wir Menschen, müssen uns damit abfinden, nur weil eine Bande von ungebärdigen Halbstarken selbst im Himmel keine Ruhe geben konnte.

Daher bleibt das Wetter in Bremen immer wieder so, wie es eben ist:

<u>wechselhaft und ewig unbeständig!</u>

Eine wirklich wahre Geschichte

Vor vielen, vielen Jahren, es war zu der Zeit, als die Götter noch auf Erden weilten, als Götter und Menschen noch gemeinsame enge Beziehungen zueinander unterhielten, als die Menschen noch an ihre Götter glaubten; zu dieser Zeit machte sich Phantasia, die Göttin der freien Gedanken, des hohen Ideenfluges und der spritzigen Einfälle, auf den Weg zur Erde, um wieder einmal im Menschenreich umherzustreifen. Sie hatte sich ein leichtes, durchsichtiges, in vielen Farben schillerndes Gewand übergeworfen und verließ so ihr Heim auf dem hohen Olymp, dem Götterberg.

Auf der Suche nach ihren Anhängern streifte sie eine ganze Weile durch sanfte Täler, durch dichte, tiefe Wälder und über von Menschen bestellte, reichen Segen tragende Felder. Müde von der langen Wanderung, setzte sie sich auf einen Stein am Wegesrand und betrachtete, tief in Gedanken versunken, die vielfältigen Schönheiten der Natur, von denen sie in dieser so üppigen Landschaft umgeben war.

Nach einer Zeit des Staunens und Schauens bemerkte sie in der Ferne eine Frau, die auf dem Felde arbeitete. Sie stand auf, um sich bei ihr nach all den Menschen zu erkundigen, die sie verehrten. Als sie näher gekommen war, erkannte sie in der fleißig arbeitenden Frau Realitas, die Göttin der Wirklichkeit, der Tatkraft und des unbändigen Willens. Diese richtete sich von ihrer Arbeit auf, als Phantasia näher trat und vor ihr Halt machte.

Die beiden Göttinnen standen sich gegenüber. Hier die zierliche, schlanke, leichtfüßige Phantasia, dort groß, stark und zäh, mit kräftigen Händen zupackend, Realitas. Die eine in dünnen, schillernden Gewändern, die andere in grobes, form- und kunstloses Bauernlinnen gekleidet. Sie musterten sich argwöhnisch mit abschätzenden Blicken.

Wegen dieses völlig unverhofften Treffens schienen beide erst einmal sprachlos und keine von ihnen war sich der Reaktionen der anderen sicher.

Mit dem überlegenen und abgeklärten Lächeln der Nichtstuerin für die Arbeitende auf den Lippen, sah Phantasia von einem kleinen Erdhügel auf Realitas hinab, in deren Zügen sich unverkennbar Verachtung, Abscheu und Widerwillen gegen die scheinbare Versagerin, die Nichtsnutzige und die Schwache widerspiegelten, gegen die absolut Überflüssige in der menschlichen Gesellschaft.

»Du Herumtreiberin«, rief sie der Leichtfüßigen entgegen, wobei sie mit ihrem Grabstock heftig auf die Erde stampfte, »strolchst du wieder durch Tal und Feld? Stiehlst du wieder dem großen Helios den Tag und hältst die Menschen von der Arbeit ab? Willst du ihnen wieder deine Gaukeleien, deine falschen Hoffnungen und Träume predigen? Von deinen Worten werden die Menschen nicht satt, von Träumereien kann niemand auf dieser Erde leben. Wenn du schon zu faul zum Arbeiten bist, dann lass die anderen ihr Werk tun, du Müßiggängerin, du Bettlerin, die sich anderen feilbietet.«

Noch viele solcher harten Beschimpfungen rief sie der Schönen zu und hob den starken Arm gegen sie. Phantasia aber lachte über die Schmähungen dieser wütenden Göttin und ließ sich von ihr nicht einschüchtern.

»Du Grobschlächtige«, entgegnete sie lachend, »du in deinem Bauernsack hast ja keine Augen für Schönheit, Grazie und Anmut! Du bist den Menschen wahrlich keine Göttin, nur dumme Sklavin bist du ihnen, gut genug, die schmutzigsten Arbeiten zu verrichten. Und du willst eine Frau sein? Sieh dich doch an, nicht der hässlichste Sklave begehrte dich zur Frau! Ein abscheulicher Zwitter bist du!«

*

*

Wie nicht anders zu erwarten, brachten Phantasias hässliche Worte die erregte Realitas in noch größere Wut. Langsam ging sie auf die zierliche Phantasia zu, erhob mit starkem Arm ihren Grabstock, trat noch einen Schritt näher und schrie mit sich überschlagender Stimme die Leichtfüßige an: »Scher dich fort von hier, du Niederträchtige! Mir aus den Augen! Verschwinde, oder ich werde dir deine schöne Larve einschlagen!«

Hochrot im Gesicht wollte sie mit ihrem Grabstock zuschlagen, um ihre Worte wahr zu machen. Die Leichtfüßige ergriff einen großen Stein, um ihn der Tobenden entgegenzuschleudern, als eine donnernde Stimme ertönte: »Halt! Haltet ein, ihr rasenden Weiber!«

Zeus, der große Gebieter, der Herr des Himmels und der Erden, warf sich zwischen die blindwütigen Göttinnen, schlug der Leichtfüßigen den Stein aus der Hand und entwand der tobenden Realitas den schweren Knüppel und verhütete dadurch das Schlimmste.

Zitternd und bebend ließ Phantasia sich auf den kleinen Erdhügel sinken, schlug die Hände vors Gesicht und Tränen rannen ihr durch die schlanken Finger. Realitas

aber, immer noch voller Wut, schrie den Göttervater an:
»Dann sorge du dafür, dass dieses schamlose Weib sich
nicht mehr auf Erden zeigt! Sie verdirbt mit ihrem lieder-
lichen Lebenswandel nur die Menschenkinder. Jage sie
fort von hier, mächtiger Zeus, lass sie nicht mehr zu den
Menschen gehen, die nur Müßiggang bei ihr lernen und
dadurch zu faul zum Arbeiten werden. Sie verlernen es,
die für sie so notwendigen Pflichten zu erfüllen. Siehst du
das nicht, großer Zeus?«

Ernst blickte der Göttervater in das immer noch vor Wut
erstarrte Gesicht der Realitas. Lange sah er ihr tief in die
Augen, sprach kein Wort. Dann legte er seine Hand be-
ruhigend auf ihren Arm. Erst danach wandte er sich der
noch vor Erregung zitternden Phantasia zu, neigte sich zu
ihr hinab und legte seinen anderen Arm zärtlich um die
Schulter der Leichtfüßigen. Sie hob den Kopf, kehrte sich
zu ihm, ihre angstvollen Züge klärten sich auf und ein
leichtes Lächeln spielte wieder um ihre vollen Lippen. Zeus
setzte sich auf den Boden neben Phantasia und zog die
noch immer widerstrebende Realitas zu sich herab, sodass
er zwischen den beiden saß.

Der Zorn war aus seinen Augen gewichen, und je länger
er die Göttinnen betrachtete, desto weicher wurden seine
Züge und sein Blick nachdenklicher. Leise, zurückhaltend
und mitfühlend klang seine Stimme, als er sich Realitas
zuwandte.

»Du weißt, Realitas, wir Götter haben nach unserem gemeinsamen Beschluss die Menschen geschaffen, nach unserem Ebenbild, und mit großen Geistesgaben ausgestattet.
Dir, meine treue Hüterin, fiel die Aufgabe zu, unsere Menschenkinder zu lehren, die raue Wirklichkeit zu bestehen,
die unabänderliche Härte ihres Daseins anzuerkennen und
ihr mit Tatkraft zu begegnen. Nur durch die eigenen Taten
und die von ihnen selbst erdachten Handlungen werden

sie bestehen können. Eine sehr verdienstvolle, ja eine der wichtigsten Aufgaben, die du zum Wohle der Menschen zu erfüllen hast.«

Er machte eine kleine Pause, strich durch seinen langen Bart, um dann fortzufahren: »Aber du musst auch einsehen, meine treue Realitas, dass, um ihnen beim Bewältigen von Unheil, beim Überwinden von Problemen Ratschläge zu geben, nur Phantasia hilfreich sein kann. Auch sie hat ihren Auftrag gewissenhaft zu erfüllen, wenn die Menschheit weiterhin bestehen soll. Denn sie gibt ihnen die Hoffnung und die Ideen, um ihre Aufgaben und auch vielfältiges Unheil des Lebens zu meistern. Ohne diese Hoffnung auf eine ungefährdete Zukunft, auf eine besseres und vielleicht auch leichteres Leben würden die Menschen verzagen und ihren Lebenswillen verlieren.«

Er lehnte sich zurück, ließ die Arme von den Göttinnen sinken, stützte sein Haupt auf die Hand, sah versonnen in die Ferne, bevor er mit ruhiger, aber freundlicher Stimme fortfuhr: »Du, Realitas, gibst den Menschen die Kraft und Ausdauer, die Ideen, ja die oft phantastischen Einfälle, die sie durch Phantasia erhalten, auch in die Tat umsetzen zu können. So, und nur so, eben gemeinsam, du mit deinem Wirklichkeitssinn, Phantasia mit ihren schöpferischen Einfällen, nur so werden die Menschen das von uns gesteckte Ziel erreichen. Ihr beide seid somit unentbehrlich zur Erhaltung und Weiterentwicklung unserer Menschenkinder.«

»Wie ihr wisst«, wandte sich der große Zeus nach längerem Schweigen wieder den beiden zu, »sind wir Götter dem Untergang geweiht. Das ist unser Schicksal und von alters her so bestimmt. Die Menschen aber, unsere Geschöpfe, sollen uns überleben, um so den Späteren von uns und unseren Taten berichten zu können. Allein deshalb müssen wir sie fähig machen, alle Unbill, alle Härte zu ertragen, die das Universum in sich birgt. Wenn sie es erst einmal gelernt haben, sich selbst zu helfen, sich vor den Naturgewalten zu schützen, diese zu überstehen, dann ist unsere Zeit gekommen. Dann treten wir Götter ab und überlassen den Menschen diese schöne Erde.«

Gedankenverloren stützte er sein Haupt in die Hände, blickte in die Ferne, schüttelte leicht seinen Kopf, um dann fortzufahren: »Die Menschen werden sich auch weiterhin vor sich selbst schützen müssen. Denn durch euren Streit werden auch sie nicht die Notwendigkeit der Existenz so verschiedener charakterlicher Eigenheiten erkennen. Doch um gemeinsam bestehen zu können, bedürfen sie einerseits der reichen Phantasie und brauchen andererseits die Realität, den Wirklichkeitssinn, um die Ideen zu ihrem eigenen Schutz auch bewältigen zu können. Immer wieder aber wird es, hervorgerufen durch euren Streit, auch bei den Menschen zum Kampf kommen zwischen den Tatsachenmenschen und den Phantasten, den nüchternern Menschen und den Träumern. Denn was ihr als Götter nicht erkannt habt, wie sollen die Menschen verstehen und erkennen, dass die nüchterne Wirklichkeit, aber auch die schwärmerischen Träume notwendig sind für die weitere Existenz der Menschheit!«

In sich versunken, als habe er die beiden Göttinnen um sich vergessen, wähnte der große Zeus sich im Olymp und sprach dann, vor sich hinsinnend, weiter: »Nur gegenseitiges Verstehenwollen wird die Voraussetzung sein für ein weiteres Bestehen der Menschheit. Ob unsere Menschenkinder jemals dieses Ziel erreichen werden, entscheidet dann ganz allein ihr eigener freier Wille. Immer aber wird es einige geben, die solche Ideen verwirklichen, die von anderen erdacht wurden, ob sie den Menschen von Nutzen sein werden oder ihnen auch schaden mögen. Sie werden aber immer aufeinander angewiesen sein. Wir aber werden ihnen fremd sein und viele, sehr viele werden uns nicht mehr kennen. Aber doch wird es auch solche geben, die uns, die alten Götter, nicht vergessen haben, die uns immer wieder die Treue halten, um der Nachwelt von uns zu berichten.«

Mit diesen Worten erhob sich der weise Zeus, blickte grüblerisch über die Erde der Menschen, über Hügel und Wälder, über Berge und reiche Früchte tragende Felder, über Flüsse und Bäche, richtete dann seinen Blick auf die beiden Göttinnen, klopfte der sinnenden Realitas aufmunternd auf die Schulter und strich der leichtfüßigen Phantasia zart über das weiche Haar. Langsamen Schrittes, gebeugt wie ein alter Mann, verschwand er hinter einer dichten Hecke. Ohne ein weiteres Wort zu verlieren, trennten sich die beiden streitbaren Göttinnen und gingen ihres Weges.

*

Dies, liebe Freunde, ist die wahre Geschichte, die ich euch berichten wollte. Denn so, wie ich sie hier schildere, hörte ich sie von einem Augenzeugen dieses Geschehens.

Ihr fragt, wer der Augenzeuge war? Phantasia war es, die Leichtfüßige, die Göttin der freien Gedanken, der spritzigen Einfälle und der schweifenden dichterischen Ideen. Sie war es, die mich während einer langen Nacht, da ich nicht einschlafen konnte, aufsuchte, sich auf den Rand meines Bettes setzte und mir die Geschichte der alten Götter erzählte, damit ich sie weitergebe an euch, so wie der große, der weise Zeus es ihr befahl.

Unwahrscheinlich!?

Leicht schwebte ich durch die Luft, der schnell aufgehenden Morgensonne entgegen. Unter mir das blaue Meer, der Indische Ozean. Weit vor mir tauchten aus dem Dunst des aufsteigenden Nebels die bewaldeten Berge der Seychellen auf.

Irgendwie kam mir der Anblick sehr vertraut vor, obwohl ich noch nie hier gewesen war. Ich grübelte darüber nach, warum mir alles so bekannt schien. Mit einem kleinen Griff verstellte ich die Gläser meiner Schutzbrille und schob die Infrarotscheiben vor. An meinem ganz neu erworbenen Fluganzug drosselte ich die Geschwindigkeit, um in aller Ruhe das sich mir bietende Bild erfassen zu können und auf alles vorbereitet zu sein, was mich dort an Unvermutetem, aber auch an möglichen Gefahren erwarten würde. Von der Weltregierung war ich ausersehen worden, mich über die jüngsten Ereignisse auf dieser Inselgruppe im Indischen Ozean zu informieren, um dann Bericht zu erstatten.

Wir schrieben das Jahr 2201 und eine Gruppe von unbelehrbaren Aufständischen hatte gegen die Weltregierung in Berlin opponiert und keine Abgaben entrichtet. Sie wollten ein selbstständiges, absolut unabhängiges Regime dort bilden. Natürlich war so eine Rebellion – so konnte man es schon nennen – für die Weltregierung nicht hinnehmbar. Ich sollte feststellen, wer die Opponenten waren, auf wen sie sich stützen konnten und wie weit sie in ihrer Gegnerschaft zur Regierung gehen würden.

Als ich näher gekommen war, drosselte ich den Antrieb meines Fluganzuges, suchte mir ein abgelegenes Plätzchen, um mich von dort unter die Menschen zu mischen. Schnell hatte ich einen entsprechenden Ort gefunden und steuerte ihn an. Niemand hatte mein Kommen bemerkt. Es war eine Kleinigkeit, meinen Anzug auszuziehen, ihn in eine unauffällige Tasche zu praktizieren und das Äußere der Seychellois anzunehmen. Ihre Sprache, das Kreolische, hatte ich während des Fluges über einen modernen Tonträger hören, aber gleichzeitig auch sprechen gelernt. Unbemerkt konnte ich mich so unter die Einheimischen mischen.

In Gruppen strömten sie zum Zentrum der Hauptstadt Victoria auf der Insel Mahé. Dicht standen sie beieinander und sprachen laut und gestikulierend über ihre Revolte. Wie ich schnell feststellen konnte, hatten die Rebellen nicht viele Anhänger. Die meisten Menschen fürchteten eine gewaltsame Niederwerfung des Aufstandes durch die Weltregierung. Dies konnte ich während meiner intensiven, aber kurzen Beobachtung über die Bewohner dieser schönen Inselgruppe und die lautstarken Äußerungen der Rebellen erkennen.

Mit dem Menschenstrom ließ ich mich zum Marktplatz von Victoria treiben. Dort stand auf einem erhöhten Podest eine junge Frau und wetterte mit sich überschlagender Stimme gegen die scheinbaren Ungerechtigkeiten der Weltregierung. Bei Umstehenden erkundigte ich mich nach ihrem Namen. »Das ist Liza, die wilde Schöne, der kein Mann gut genug ist«, antwortete man mir. Langsam trat ich näher, bis ich direkt vor ihr stand.

Sie war ein junge, hübsche Person in einem leichten bunten Kleid, das der herrschenden Hitze angemessen war. Fest sah ich ihr in die Augen. Sie bemerkte meinen Blick und erwiderte ihn. »Bist du nicht auch dafür, dass wir uns von der Weltregierung lossagen und endlich wieder ein selbstständiger Staat werden sollten?«, fragte sie mich mit erhobener Stimme. »Nein«, antwortete ich, »frage doch mal die Leute, die hier sind, ob sie dir und deinen absurden Ideen folgen wollen!«

Erst nur ein leises Gemurmel, dann immer lauter werdende Rufe, schließlich Schreie: »Hau ab, Liza, mit deinen Spinnereien! Lass uns in Ruhe!« Die Menschen tobten. Unverkennbar hatte sie nicht sehr viele Anhänger unter ihren Landsleuten. Sie führten hier schließlich ein ruhiges, beschauliches Leben, gingen ihrer Hauptbeschäftigung, der Fischerei, nach und waren trotz der bescheidenen Umstände nicht unzufrieden.

Einige robuste Männer stürmten nach vorne und versuchten ihrer habhaft zu werden. Schnell fasste ich sie an der Hand, zog sie von der tobenden Menge fort und lief mit ihr aus der Stadt. Wir wurden von einer großen Meute aufgeregter Menschen verfolgt. Als guter Läufer konnte ich ihnen leicht entkommen, obwohl ich Liza auf den Armen trug. Sie konnte nicht so schnell laufen. Angstschlotternd hatte sie ihre Arme um mich geschlungen und hielt sich an mir fest. Ich spürte ihren weichen, vor Aufregung zitternden Körper und versuchte sie zu beruhigen. Sie schluchzte, legte ihren Kopf auf meine Schulter und kleine Tränen quollen ihr aus den dunklen Augen. Leicht streichelte ich ihr den Rücken, um sie zu beruhigen.

Angekommen in einer verschwiegenen Bucht, ließen wir uns nieder. Von den Verfolgern war weit und breit nichts mehr zu sehen oder zu hören. Das Rauschen des Meeres schien auch sie zu beruhigen. Nun hatte ich Gelegenheit, mir die aufmüpfige Liza etwas näher anzusehen. Die langen schwarzen Haare, die dunkelbraunen, immer noch leicht umflorten Augen beherrschten das ganze Äußere dieser aparten Frau. Betont wurde der erste Eindruck noch durch das kleinen Näschen und die vollen roten Lippen. Ihren Kopf hielt sie gesenkt und wagte nicht, mich anzusehen.

Ich fasste sie unters Kinn, hob ihren Kopf, sah ihr in die Augen und fragte: »Was nun? Willst du hier bleiben?« – »Nein, nein«, antwortete sie heftig, »auf keinen Fall, die schlagen mich tot!« – »Soll ich dich mitnehmen dahin, wo ich herkomme?« Dann fügte ich hinzu: »Ich komme aus einen fernen Land, wo dich keiner kennt. Dort kannst du in Ruhe leben.« – »Bitte, nimm mich mit, egal wohin. Ich möchte endlich so leben, wie ich es mir wünsche«, jammerte sie, »kann ich das bei dir?«

Nachdem ich ihre Frage bejaht hatte, waren wir uns schnell einig. Ich zog meinen dehnbaren Fluganzug an, in den auch sie hineinpasste, warf das Triebwerk an und forderte sie auf, noch einmal einen Blick auf ihre Heimat zu werfen. Ich drehte noch einige Schleifen um diese wunderbaren Inseln und nahm Kurs auf Europa. Eng schmiegte sich ihr schlanker Leib an meinen und ich spürte, wie auch bei ihr die Sehnsucht wuchs nach einem Partner und einer schönen, befriedigenden Zweisamkeit.

Erspart mir bitte, über alles Weitere dieser so wundersamen Begegnung zu berichten. Es soll auf ewig ein Geheimnis bleiben zwischen der schönen, wilden Liza und mir.

Das Taschentuch

Ein grau in grau gemalter Morgen blickte trübe durch das Fenster. Arnold K. hatte sich, wie jeden Morgen, sein Frühstück bereitet, den Kaffee eingeschenkt, die Zeitung aus dem Briefkasten geholt und begann, in der gleichen Stimmung wie das Wetter, mit dem ewig gleichen Frühstück seinen Tag, der ihm nicht mehr Abwechslung verhieß als all die Tage vorher. Auch heute erwartete er nichts Aufregendes, nichts Neues, keine Veränderung seiner üblichen Tagesabläufe.

Er biss einen Happen seines Brötchens ab, trank einen Schluck des duftenden Kaffees, steckte sich eine Zigarette an und schlug die Tageszeitung auf. Die sich so oft wiederholenden knalligen Überschriften überflog er, las mal hier, mal dort einen mehr oder weniger nichts sagenden Artikel, in dem wiederum die Trennung eines Models von ihrem bisherigen Lover sehr ausführlich beschrieben worden war. Also nichts Aufregendes, mit dem man sich eingehender beschäftigen sollte.

»Wie armselig ist doch unsere Welt geworden«, ging es ihm durch den Kopf. »Da wird in seriösen Tageszeitungen berichtet, ob irgend so ein aufdringliches Mädchen sich einen neuen Lover zugelegt oder den Vorgänger in die Wüste geschickt hat.«

Diese Gedanken spann er weiter, wobei ihm auch der Werteverlust in der heutigen Gesellschaft deutlich wurde. Es zählte doch nur der etwas, der es verstand, sich oder andere so oft wie möglich in auffällig fadenscheiniger, mittelmäßiger Art und Weise in der Öffentlichkeit mit intimsten Bekenntnissen zur Schau zu stellen. Nur so, und nur dann, war die oder der Betreffende »*in*«. Nein, mit solchen Menschen konnte er sich nicht identifizieren.

Seine Gedanken schweiften ab. Ihm fiel wieder Clara ein und die gemeinsame Zeit im Kurort mit ihr. Was für eine tolle Frau! Anfänglich war sie ja sehr zurückhaltend, zierte sich etwas und meinte immer, man müsse sich erst gut kennen lernen, bevor man zum Äußersten kommt. Im Stillen musste er hierbei lächeln. Denn was heißt in so einem Fall schon »zum Äußersten kommen«!

Er erinnert sich, dass er sie gefragt hatte, was sie mit diesem Ausdruck denn konkret meine. Ganz deutlich erscheint ihm noch ihr Gesichtsausdruck auf diese Frage. Sie lief puterrot an, wandte sich ab und meinte mit zusammengekniffenen Lippen, dass er sich das wohl selber denken könne. Daraufhin hatte er sie in den Arm genommen und ihr einen herzhaften Kuss gegeben. Sie, erst etwas widerstrebend, dann jedoch, die Arme um ihn geschlungen, erwiderte diesen Kuss sehr innig, hinreißend und herzhaft. So war dann auch die gemeinsame Nacht.

Karl schmunzelte still vor sich hin, in Gedanken an diese tollen Tage. Aber er hatte lange nichts von ihr gehört. Nach der Kur hatte er ihr einen längeren, liebevollen Brief geschrieben, aber immer noch keine Antwort erhalten. War diese sehr erotische Beziehung für Clara nur eine Episode, die damals vielleicht ganz nett gewesen war, der man aber keine Träne nachweinen sollte? So fragte er sich.

Na, was soll's. Wenn sie es so sieht, dann hat er eben Pech gehabt. Aber schön war es dennoch. Wenn sie es so will, dann wollte er zukünftig keine Gedanken mehr daran verschwenden.

Er widmete sich wieder seiner Zeitung, ärgerte sich über diesen oder jenen Artikel, der ihm erneut zeigte, wie viele Belanglosigkeiten und Nebensächlichkeiten in der Presse dargestellt wurden, so als bewegten sie die Welt.

Gerade wollte er sich zum Ausgehen aufmachen, als er den Briefkasten klappern hörte. Er nahm den Brief heraus, drehte ihn um, aber ein Absender war nicht angegeben. Es war ein dicker Umschlag, dessen Inhalt sich weich anfühlte. Was nur konnte das sein?

Erst stutzte er. Es hatte einen so komischen Artikel in der Zeitung gegeben, dass in Amerika Briefe mit dem Milzbranderreger verschickt worden waren. Wer sollte ihm so etwas schicken? Er kannte niemanden, der ihm nach dem Leben trachtete. Kurz entschlossen öffnete er den Umschlag und entnahm ihm ein Taschentuch.

Es war ein Taschentuch, das ihm gehörte. Ein Brief, mit zarter Frauenhand geschrieben, fiel heraus. Es war der lang ersehnte Brief von Clara. Er spürte, wie sein Herz zu hüpfen anfing.

In sehr netten Worten entschuldigte sie sich für ihr langes Schweigen, erklärte es aber mit häuslichen Umständen, die sie die ganze Zeit sehr in Anspruch genommen hatten. Ihre Mutter war sehr krank gewesen und sie hatte sich um deren Pflege kümmern müssen.

Dann erwähnte sie das Taschentuch, das er ihr nach einer sehr intimen Stunde gegeben hatte. Nachdem sie es gewaschen hatte, wie sie schrieb, trug sie es immer bei sich, als Andenken an ihn und die schönen Stunden, die sie gemeinsam verbracht hatten. Sie meinte jedoch, dass sie es nicht behalten könne, denn es gehöre schließlich ihm. Weiterhin teilte sie ihm mit, dass sie sehr oft an die gemeinsame Zeit zurückdenke und ihn nicht vergessen könne.

Dann kam ein langer Gedankenstrich, an den sich folgende Zeilen anschlossen: »Sage mir bitte ganz ehrlich, ob auch du an unsere gemeinsamen Tage dort zurückdenkst; sage mir, ob du mich auch so liebst, wie ich dich liebe! So wie dich habe ich noch keinen anderen Mann geliebt!«

An dieser Stelle wirkte die Tinte wie ausgelaufen. Es war eine Träne, die die Schrift leicht hatte verlaufen lassen. Er musste heftig schlucken, zeigte ihm dieser kleine Fleck doch, mit welch inniger Zuneigung sie ihm diese Zeilen geschrieben hatte. Dann hatte sie noch hinzugefügt, dass sie das Taschentuch immer ganz heimlich mit in ihr Bett genommen hatte, damit es ihr leichter fiele, an ihn zu denken.

Es wurde ihm ganz warm ums Herz, als er den Brief gelesen hatte. Nach kurzem Nachdenken beschloss er, ihr sofort zu antworten. Er wollte ihr auch einen Vorschlag für ein Wiedersehen machen. Denn nun war ihm klar geworden, dass er sie immer um sich haben wollte. Auch sie war sicher an einem Wiedersehen interessiert, sonst hätte sie nicht einen so lieben und herzlichen Brief geschrieben.

Sofort setzte er sich hin, um ihren Brief zu beantworten. Er schlug ihr vor, sich noch einmal an dem Ort zu treffen, wo ihre Liebe begonnen hatte. Er empfahl das Hotel und den baldigen Zeitpunkt ihres neuerlichen Treffens. Warum sollte man so lange warten? Auch fügte er hinzu, dass er für die Kosten aufkommen würde.

Schnell machte er sich auf den Weg, um den Brief abzusenden. Dann begann für ihn wieder einmal die lange Zeit des Wartens auf eine Antwort. Jeden Tag lauerte er und saß wie auf glühenden Kohlen. Doch es verging über eine Woche, bis die Antwort kam. Mit zitternden Händen öffnete er den Umschlag und verschlang ihre Zeilen. Zum Glück hatte sie zugesagt und auch den Termin bestätigt.

Da es nur noch ein paar Tage bis zu dem Wiedersehen waren, bestellte er kurz entschlossen im Hotel ein Doppelzimmer und bereitete sich auf das Treffen mit Clara vor, das er sich bereits in den rosigsten Farben ausmalte. Trotz der nur noch wenigen Tage fieberte er ungeduldig dem Wiedersehen entgegen. Er setzte sich in seinen Wagen und fuhr mit überhöhtem Tempo seinem Ziel entgegen. Alles war gut gegangen, heil und voller Vorfreude erwartete er Clara. Als sie kam, stürmte er auf sie zu, schloss sie in seine

Arme und drückte ihr einen heißen Kuss auf die leicht geöffneten Lippen.

Nachdem sie sich in ihrem Zimmer frisch gemacht hatten, gingen sie hinunter, um erst einmal zu Abend zu essen. Es war ein sehr opulentes Mahl, das er bestellt hatte. Mit einer guten Flasche Rotwein beendeten sie das reichhaltige Festessen. Sie zogen sich mit einer weiteren Flasche Rotspon in ihr Zimmer zurück. Eine fröhliche, erotische Nacht lag vor den beiden Liebenden.

Sie wollten gerade ins Bett gehen, als es an der Tür klopfte. Erstaunt sah Arnold seine Clara an und fragte; »Wer kommt denn jetzt noch? Hast du eine Ahnung?« Sie bekam einen roten Kopf, sah ihn unsicher an, ging zur Tür und öffnete.

Eine ältere Dame stand vor der Tür: »Das ist meine Mutter«, erklärte Clara. Erstaunt starrte er die Frau an, die nun ins Zimmer trat.

Graue Haare umrahmten ein etwas verhärmtes, faltiges Gesicht, das aber Selbstbewusstsein, Anstand, aber auch ein nicht zu unterschätzendes Maß an Misstrauen erkennen ließ. Eine nicht mehr ganz modische Kleidung umhüllte die leicht füllige, für eine Frau ziemlich große Figur. Auf Arnold machte sie den Eindruck von einer »Frau, die die Hosen anhat«.

Clara sah Arnold an und stotterte: »Ja, weißt du ...« Nach einer kleinen Pause: »Meine Mutter meinte ...« Dann: »Na ja, meine Mutter meinte, sie wollte dich kennen lernen, bevor wir – na, du weißt schon ...!?« Dann weiter: »Das ist bei uns nun mal so! Du musst dir nichts Besonderes dabei denken!«

Nun mischte sich die Mutter ein: »Wissen Sie, meine Tochter hat mir von Ihnen erzählt. Da wollte ich Sie eben näher kennen lernen, bevor, na ja, bevor etwas Entscheidendes passiert. Sie wissen schon. So viele junge Mädchen bekommen ein Kind und der Vater ist dann auf und davon! So etwas soll meiner Tochter nicht passieren. Das verstehen Sie doch wohl?«

Die Mutter hatte ihm die Hand hingestreckt, die er vollkommen verdattert ergriff. Er schaute zur Mutter hin, fand keine Worte, starrte dann Clara an, schüttelte den Kopf und fühlte sich vor allem überrumpelt und, wie ein dummer Junge, überrascht vom plötzlichen Auftauchen der Mutter. Ihm fiel keine Antwort ein, die diese absonderliche Situation hätte klären können.

Alle möglichen Gedanken schossen ihm durch den Kopf. Hatten Clara und ihre Mutter dies alles abgesprochen? Sie hatten beide doch schon wunderbare gemeinsame Nächte verbracht! Was sollte das alles? Waren die so hinterwäldlerisch, dass es so etwas erst in der Ehe geben durfte? Warum ist Clara damals mit ihm ins Bett gegangen? Er kam nicht klar, er wusste nicht weiter!

Dann ergriff wieder die resolute Mutter das Wort: »Sie werden verstehen, dass meine Tochter nicht mit Ihnen in einem Zimmer übernachten kann. Wir beide nehmen uns ein anderes Zimmer und können morgen über alles sprechen. Ich glaube, das ist die beste Lösung! Was meinst du, Clara?«

Clara sah erst Arnold mit leicht umflorten Blicken an, wandte sich dann der Mutter zu und stotterte: »Wenn du meinst, Mutter, dann werden wir es so machen. Was sagst du denn, Arnold?«

Arnold hatte sich in der Zwischenzeit gefangen und wandte sich der Mutter zu: »Wenn Sie meinen, dass zwei erwachsene Menschen, eben Ihre Tochter und ich, nicht in einem Zimmer die Nacht gemeinsam verbringen sollten, dann tun Sie das, was Sie für richtig halten. Ich bin allerdings anderer Ansicht. Aber tun Sie, was Sie wollen.

Es ist schließlich Ihr Problem! Dann also gute Nacht und schlafen Sie gut!«

»Ist ja gut, wir gehen dann!« Beide verließen den Raum, um sich in ein anderes Zimmer zu begeben, das die Mutter bereits an der Rezeption gebucht hatte.

Arnold war wütend. Er war sauer auf Clara. Kurz entschlossen packte er seine Tasche, wartete noch eine kurze Zeit ab, ging hinunter, um endgültig zu verschwinden.

Für so eine konfliktbeladene Situation hatte er nun wirklich keinen Trieb. Die gemeinsame Nacht mit Clara war nach langer Enthaltsamkeit das Ziel seiner geheimsten Wünsche gewesen. Und nun dieser Schock. Clara war für ihn gestorben. Nichts mehr würde sie von ihm hören. Sollte sie doch zusehen, wo sie einen anderen Kerl herbekam, der sich unter die Fuchtel ihrer Mutter stellen würde. Er setzte sich in sein Auto und brauste von dannen.

Arm in Arm gingen die beiden Frauen in ihr Zimmer. Die Flasche Rotwein hatten sie mitgenommen. Sie setzten sich an den Tisch, um in aller Ruhe ihr Gläschen Wein zu genießen.

»Nun siehst du, Clara, mein Kind, wie man so eine Situation auf geschickte Weise klären kann.« Sie nippten an ihren Gläsern und die Mutter sah lächelnd ihre Tochter an. »Der gute Arnold wird sich ärgern, dass ihm nun ein lustiger Abend entgangen ist. Aber Wut hat er auf mich und nicht auf dich. Mir macht das nichts aus.«

Sie nahmen einen weiteren Schluck des teuren Weines. Klara tätschelte die Hand ihrer Mutter und entgegnete: »Du hast ja Recht. Auch wenn er mir damals zuerst gut gefallen hat … und irgendwie hat es auch damals Spaß gemacht. Aber ich denke, wir passen doch nicht zusammen. Vielleicht wäre auch diese Nacht ganz schön geworden … irgendwie war er auch lieb. Aber wahrscheinlich ist es doch besser so.«

»Na gut«, meinte die Mutter, »aber das wirst du schon überstehen. Es gibt schließlich noch andere Männer, die besser zu dir passen«. Nach einer kleinen Pause: »Auf jeden Fall ist der Wein gut, den er uns spendiert hat. Auch wenn er es sich anders gedacht hat.« Beide mussten lachen und fielen sich in die Arme.

Es wurde noch ein vergnüglicher Abend für die beiden Frauen. Dann dachte Clara wieder an Arnold. »Der arme Kerl fährt jetzt allein nach Hause und hatte sich doch so sehr eine vergnügliche … und … für ihn wohl auch lustvolle Nacht versprochen. Da hat er aber Pech gehabt.«

Sie fuhr fort: »Mama, hast du sein Gesicht gesehen, als du zur Tür hereinkamst? Er guckte ganz dumm aus der Wäsche. Die Überraschung ist dir wirklich gelungen.« Nach einer kleinen Pause fuhr sie fort: »Ich bin froh, dass es so ausgegangen ist und du mitgekommen bist. Auch wenn er mir ein bisschen Leid tut, weil er nun allein ist, endgültig haben wollte ich ihn aber nicht.«

»Ja, mein Deern, mit den Männern ist das immer so eine Sache, bis man den Richtigen findet. Es schadet auch nichts, wenn man vorher ein bisschen rumprobiert und sich die Männer etwas genauer ansieht. Dann weiß man in der Ehe, wie es am besten geht. Ich habe das auch nicht anders gemacht, als ich jung war. Lass man, so ist es schon richtig!«

Lachend umarmten sich die Frauen, küssten sich, waren froh und munter und beide in bester Laune. Sie leerten unter viel Gekicher und in heiterer Stimmung gemeinsam die Flasche Rotwein, um sich spät in der Nacht zur Ruhe zu begeben.

Ein Morgen auf Gran Canaria

Es ist noch dunkel auf Gran Canaria, als ich aufstehe, um auf dem Balkon nach dem Wetter zu sehen. Sechs Uhr dreißig. Mein erster Blick gilt dem Himmel. Tausende von Sternen blicken auf mich herab. Schwarze, vielfältig zerrissene Wolken treiben langsam vorüber, bedecken teilweise das glitzernde Himmelsgewölbe. Um den letzten Rest meiner Schläfrigkeit zu vertreiben, setze ich die Kaffeemaschine in Betrieb. Der schwarze Muntermacher soll mich fit machen für den kommenden Tag. Nach der morgendlichen Dusche zieht schon der aromatische Kaffeeduft durch unser Appartement. Den Bademantel übergeworfen, die Tasse mit dem edlen Getränk gefüllt, sitze ich auf dem Balkon, den Rauch einer Zigarette inhalierend, spüre ich die samtweiche Luft der Subtropen an meinem Körper.

Weit geht der Blick hinaus aufs Meer, das wie scheinbar zu Blei gewordenes Wasser still in sich ruht. In der Ferne sind schwach die Lichter von Fischerbooten zu sehen, die wohl nun, vielleicht mit gutem Fang, ihrem Heimathafen zustreben. Ich muss daran denken, dass die Fischer sicher eine schwere Arbeit geleistet haben, während ich ruhig, eventuell auch träumend, die Nacht im Bett verbrachte. Möglicherweise haben sie auch den Fisch in ihren Netzen gefangen, den ich heute Mittag zu verspeisen gedenke. Ist dies wirklich ein makabrer Gedanke?

Doch dann nimmt mich der Blick zum Himmel wieder ganz gefangen. Über dem Berg, hinter dem die Sonne seit ewigen Zeiten aufzugehen die Angewohnheit hat, zeigt sich der Horizont in leichtem rosa schimmerndem Glanz. Der Silberschein der schmalen Mondsichel beginnt zu verblassen. Das Licht der Sterne wird schwächer, die Wolken verziehen sich in ungeahnte Fernen, der Himmel im Westen zeigt weiterhin die tiefe Schwärze der Nacht.

Bei der langsam emporsteigenden Helligkeit, sie geht in ein bläulich schimmerndes Rot über, fällt mir immer wieder Eos ein, die rosenfingrige Göttin der Morgenröte, die blondgelockt, in ein von Rot zu Gelb und zartem Blau leuchtend irisierendes, faltenreiches Gewand gekleidet, den Tagesbeginn verkörpert. Wer wohl hätte besser den zarten Zauber einer Morgendämmerung beschreiben können als die alten Griechen, die mit und durch die Göttin Eos die gefühlvolle, milde und erwartungsfrohe Stimmung eines sommerlichen Sonnenaufganges darstellten?

Das immer noch tonangebende Gezwitscher der Vögel, dazu das leise Geraune der nun an den Strand plätschernden Wellen überlagert das langsam selbst hier stetiger aufkommende Verkehrsgeräusch und gibt dem wunderschönen Anblick dieser Morgendämmerung zusätzlich seinen akustischen Hintergrund. Auf der anderen Seite der vor uns liegenden Bucht leuchten die vielen Lampen der Hotels und der Straßenlaternen, teilweise grell überstrahlt von den Scheinwerfern vorbeifahrender Autos, schwächer und bescheidener die Lichter von den kleinen Häusern. Am Himmel schimmern die rosaroten bis gelblichen zarten Wolken, die das Bild, das sich mir am Morgen bietet, vervollständigen. Ein Kaleidoskop farbig bunter Lichtquellen.

Diese vielfältigen Sinneseindrücke der morgendlichen Naturereignisse, gepaart mit dem langsam aufstrebenden Tag und dem deutlicher werdenden Anblick der reichen Blumenpracht auf der Balkonbrüstung und unten am Boden, den so fröhlich erscheinenden Gesängen der Vögel, dazu der Duft des frischen Kaffees und der herbe Geschmack beim Zug aus der Zigarette, wecken bei mir immer wieder Eindrücke an das so reiche und vielfältige Diesseits, das uns Menschen umgibt und dessen Teil wir alle doch auch sind. Wir alle, die ganze Menschheit, sind

Teil dieser so wunderschönen Welt. Mit allen uns zur Verfügung stehenden Sinnen nehmen wir unsere Umgebung wahr. Sie beeindruckt uns zutiefst, wir nehmen sie auf und lassen sie in uns klingen. Doch haben wir Menschen diese bezaubernde Welt wirklich verdient, haben wir sie uns erarbeitet? Sind wir ihrer auch angemessen würdig? Fragen, deren Beantwortung sich mir auch bei intensivstem Nachdenken nicht erschließt. Trotz allem, dies ist für mich die schönste Zeit des Tages, in der ich mein Alleinsein an jedem Morgen still in mich gekehrt und nachdenklich genießen kann.

Einsamkeit

Endlich konnte ich mich aus dem Großstadtgewühl verabschieden. Nun spaziere ich allein durch die Flur. Wiesen, Bäume, Büsche umgeben mich, ich fühle mich befreit. Dann, auf einer weiten Lichtung, steht einsam ein Baum. Ganz für sich allein. Es ist eine alte, mächtige Buche. Majestätisch, prächtig und erhaben scheint dieser gewaltige Baum die mit Gänseblümchen gesprenkelte, ihn weitläufig umgebende Wiese zu beherrschen, ja sie als sein Eigentum zu betrachten.

Aus angemessenem Abstand betrachte ich dieses mächtige Baumgegeschöpf inmitten der nur von Gras und Blumen umgebenen Flur. Wie ein Herrscher über seine Untertanen scheint er fest und stolz auf diesem Gelände zu wurzeln, die ganze Umgebung eindrucksvoll überragend.

Ich frage mich, ob so eine gewaltige Schöpfung der Natur, ob dieser Baum vielleicht nicht doch auch so eine Art Gefühl, Gespür für seine Existenz, für seine Umgebung entwickelt? Er hat doch Leben in sich, so wie auch ich es in mir spüre. Auch er ist ein Lebewesen. Ganz sicher ein Lebewesen mit einer sehr viel älteren Geschichte als ich und du, als wir Menschen es vorweisen können.

Wie alt mag diese Buche sein? Wie lange steht dieser Wind und Wetter trotzende Baum bereits hier? Hundert, zweihundert oder vielleicht doch schon tausend Jahre? Allein, einsam. Wie auch immer, ich weiß es nicht und werde es wohl auch nie erfahren, denn meine Fragen beantwortet er nicht, stumm und selbstherrlich steht er hier wie schon viele, viele Jahre.

Ich schreite – ja, ich schreite zu dieser uralten Buche, ehrfürchtig, auch voller Demut vor diesem Alter. Dann setze ich mich in das weiche Gras, schaue ehrfürchtig auf diesen

Baum. Die Krone streckt die starken Äste weit hinaus, so als wolle die Buche andeuten, dies hier ist mein Revier, nur ich bin hier zu Hause. Alleine steht dieses hölzerne Baumwunder da – einsam, allein. Nichts und niemandem in unserer Welt scheint er Beachtung zu schenken.

Ich stehe auf. Ich setze mich unter seinen breiten Wipfel. Sein wohltuender, kühler Schatten legt sich auf mich. Mein Rücken lehnt an dem glatten Stamm. Ich beginne zu träumen, zu träumen von dieser alleinstehenden, der so einsamen Buche. Fühlt sie sich einsam? Allein steht dieser Baum in der großen Lichtung. Ich fühle mich zu ihm hingezogen. In Gedanken bin ich bei diesem alten, mächtigen Lebewesen, fühle durch die glatte Rinde seine Stärke, seine lebendige Kraft. Beide sind wir allein; ein jeder für sich. Sind wir deshalb auch einsam? Kann es sein, dass uns dieses Alleinsein oder – wenn man so will – diese Einsamkeit verbindet? Beim Träumen fällt mir ein Goethe-Wort ein:

»Und kann ich nur einmal recht einsam sein,
dann bin ich nicht alleine.«

Einsamkeit!? Alleinsein!? Gehört nicht das eine zum anderen? Es scheint mir, die beiden sind Geschwister. Alleinsein kann mir behagen. Sehr oft empfinde ich diese Einsamkeit für mich als besonders angenehm, ja erstrebenswert.

Engel

Vollkommen verschwitzt richtete ich mich auf. Was war das nur für ein wilder Traum, der mich wachgerüttelt hatte? Immer noch müde drehte ich mein schweißnasses Kopfkissen um, legte mich wieder hin und lauschte der schwachen Schnarchgeräusche meiner mir so fremd gewordenen Partnerin. Ihre röchelnden Töne ließen mich wieder in einen hoffentlich wohltuenden Schlaf versinken. Zum Aufstehen war es noch viel zu früh. Erneut versank ich in einen tiefen Schlaf.

Still saß ich am Ufer des kleinen Sees. Ganz allein war ich an diesem wunderbaren Frühlingsmorgen. Hin und wieder trübten vorübersegelnde Wolken mit ihren dunklen Schatten die hellen Strahlen der Sonne auf der glitzernden Fläche des Wassers. Ich beobachtete hingebungsvoll das leise plätschernde Spiel der Wellen. Es waren die klare Luft, das leise Rauschen des Windes in den Blättern der Bäume, die den See umrahmten. All diese tiefen Eindrücke zauberten in mir eine friedliche und wohlige Ruhe und Stimmung herbei. Ich legte mich in den weichen Rasen und schloss die Augen.

Wild durcheinander gingen meine Gedanken. In die verkorkste Vergangenheit, in meine unbekannte, unbedeutende, in die dunkle, fremde Zukunft. Eine Zukunft, die hoffnungslos und fern vor mir lag, fragwürdig mit der Gefährtin am meiner Seite. Trotz des hellen Sonnenscheins, mein Denken fand keinen Ausweg aus dieser, momentan so misslichen Lage. Ich fiel, wohl aus lauter Verzweiflung, in einen tiefen Schlaf.

Aus dem Dunkel meines Traumes erschien plötzlich ein heller Schein. Langsam schälte sich aus der gleißenden Helligkeit ein Bild heraus. Das Bild eines schönen engelhaften

Mädchens. Sie schwebte heran, ließ sich nieder, umarmte mich mit ihren weichen Armen, ja küsste mich zart auf den Mund. Schwach und machtlos ließ ich alles mit mir geschehen. Zart berührte ich ihren Körper, schlang die Arme um ihn.

Es war ein Engel, der mich aufgesucht hatte. Ich spürte meinen Atem heftiger werden, fühlte, wie mir das Herz rascher schlug, empfand eine wohlige, mich ganz umfassende Wärme. Weich schmiegte sich dieser wundersame Körper an mich, überirdisch, eben engelgleich. Dieses Wesen nahm mich ganz gefangen. Tiefer und tiefer versanken Seele und Körper in die herrlichsten Empfindungen, die mich völlig benommen machten. Ich fühlte mich dem Himmel nah.

Doch unvermittelt und jäh zerrte mich dieses herrliche Wesen heftig am Arm. Ich zuckte zusammen. Warum nur? Dann, ganz unverhofft, ein kräftiger Stoß in meine Rippen und dazu eine laute, wütende Stimme rissen mich aus meinem seligen, so wohltuenden Traum.

»Warst du etwa der Engel, der gerade bei mir war?«, fragte ich immer noch völlig benommen. »Ich werde dir was von Engel«, entgegnete die gar nicht so liebliche, gar nicht so engelhafte Stimme meines weiblichen Gegenübers. »Komm hoch, du fauler Sack! Wir müssen weg. Es ist höchste Zeit! Zieh dich endlich an!«

Unverkennbar war dies die Stimme meiner so gar nicht engelhaften Gefährtin.

Engel, die gibt es wohl nur im Traum!
Sind sie nicht doch weiblich?

Winter

Ein dunkler Tag. Bleicher Himmel. Unter weißem Laken die weite Natur. Flüsse und Bäche, ein kleiner See, scheinbar tot unter dem festen Eis. Ein kalter, ein eisiger, ein schneereicher Winter nahm Besitz von der Natur. Sie schien in tiefen Schlaf versunken. Schwermut lastete auf Feld und Wald, auf Hügeln und in den Tälern. Das fröhliche, sommerliche Gezwitscher der kleinen Singvögel blieb stumm, war verweht. Nur das gellende Kreischen der Raben und Krähen zeugte noch von Leben auf dieser so trostlos scheinenden öden Flur. Melancholisch neigten sich träge die Zweige der Tannen und Weiden dem schneebedeckten Boden entgegen, als hätten sie alles Leben leidvoll dahingegeben.

Es war schon hoher Mittag. Langsam wurde es heller. Dann, ganz plötzlich, brach die Sonne hervor, trieb die dunklen Wolken vor sich her, verscheuchte mit ihrem Glanz, dem strahlenden Licht die trüben Gedanken, die sich auf den Gesichtern der wenigen Menschen erkennbar niedergeschlagen hatten. Die Strahlen der Sonne hellten nicht nur die Gesichter auf, sondern auch der anfangs so trübe erscheinende Schnee glänzte nun in einem klaren, leuchtenden Weiß. Die Natur war erwacht.

Es dauerte nicht lange und helles Kinderlachen erklang. Im tiefen Schnee trieben die Kinder ihr wildes Toben. Schneebälle flogen durch die Luft und lautes Geschrei begleitete die Treffer. Aus den lachenden Mündern stiegen helle Atemwölkchen empor in die nun klare Luft. Aber bald füllte auch eine Menge erwachsener Spaziergänger die erst so leere Landschaft. Man sah ihnen an, wie sie, die Hände in den Manteltaschen vergraben, trotz rot gefrorener Nasen, aber freundlich um sich schauend die klare Luft, die wärmenden Strahlen der Sonne und die nun in hellem Glanz scheinende schneebedeckte Natur genossen.

Die größeren Jungens hatten sich auf dem Eis des kleinen Sees eine Bahn vom Schnee frei geschaufelt. Mit Handstöcken, wohl vom Großvater, trieben sie – in Ermangelung eines Pucks – flache Steine über das Eis und spielten auf ihre Art Eishockey. Alles natürlich verbunden mit erheblichen Lärm und lautem Geschrei. Etwas abseits von den Eishockeyspielern, an einem kleinen Hang, rodelten die Kleineren den Hügel hinab, während die robusteren Jungens immer wieder versuchten, die Schlitten der Mädchen zu rammen und sie mit Händen und Füßen umzuwerfen. Unter wildem Geschrei und Gejohle gelang es ihnen auch manchmal.

Etwas abseits von den wilden Rodlern stand ein kleiner Pöcks. Er war über und über mit Schnee bedeckt. Seinen Schlitten am Band in der behandschuhten Hand festhaltend, die Pudelmütze tief über die Ohren gezogen, sah er den anderen Kindern zu, traute sich offensichtlich nicht, allein an dem wilden Getobe und der Rodelpartie teilzunehmen.

Eine ganze Weile beobachtete ich ihn. Schließlich setzte er sich auf seinen Schlitten und stützte den Kopf in die Hand. Von den anderen nicht beachtet, sah er traurig den lustigen Spielen der tobenden Kinder zu. Irgendwie kam er mir bekannt vor.

Dann, nach längerem Beobachten und Betrachten des Jungen, fiel es mir wie Schuppen von den Augen. Ich selbst war es! Ich als kleiner Junge, der da so nachdenklich für sich alleine auf seinem Rodel saß und den anderen Kindern beim Spielen zusah.

Pegasus

Das Dichterross vielleicht besteigen,
wer von uns wollte das wohl nicht?
In unsren Versen wird sich zeigen,
ob auch der Geist erblickt das Licht.

Das Licht, verborgen in Medusens Rumpf,
erstrahlte nur durch Perseus' Hieb.
Vorher war das Leben dumpf,
nun die Muse Menschengeist antrieb.

Des Rosses Hufschlag seinerzeit,
mag wohl die Quelle Hippokrene,
die den Musen ward geweiht,
uns schöne Verse geben, notabene.

Dem Bezwinger Bellerophone gleich
woll'n wir versuchen Verse schmieden,
mit Athenes Zaume güldenreich
wird's uns wohl gelingen hier hinieden.

Drum behütet Pegasus ja gut,
damit an vielen neuen Zeilen
wir weiterhin mit großem Mut
und Wortgeschick könn' daran feilen.

Der Musenskribent

Schöne Zukunft

Zeitungen, Radio, Fernsehen berichten
viel von schädlichen Gerichten.
Von Wein, der mit Glykol versetzt,
von Nudeln, mit faulen Eiern durchsetzt.
Im Fleisch, da sind Hormone drin,
die erfüllen nur den einen Sinn:
Bei exzessivem Fleischgenuss
man daran wirklich sterben muss.

Auch BSE in Schweinen, Rindern
schadet Eltern und den Kindern,
und das Obst, mit Pestiziden voll,
ist zum Krepieren – wirklich toll.
Bier ist nicht mehr, was es einmal war.
Denkt nur an das trübe Wasser gar!
Ich rate euch, genießt es nicht,
es löscht euch aus das Lebenslicht.

Was aber nun, ihr lieben Leut,
ist mit dem Liebemachen heut?
Aids kannst nur verhindern dann,
wenn verzichtest du auf Frau, auf Mann.
Du darfst nicht mehr der Liebe frönen,
musst dich mit dir selbst verwöhnen.

Vergiss, oh Mensch, nicht Häuser, Tische, Schränke,
Formaldehyd ist drin, daran immer denke.
Beschert dir Krebs, der Menschen Fluch,
drum meide Räume, schnell das Freie such.

Atme draußen nur die Luft, die reine,
um Leben zu erhalten dir, das deine.
Doch was sagen die ganz klugen Leute?
»Die Luft da draußen, die ist heute
verdorben wie bisher noch nie.«
Drum hör auf zu atmen, hör auf sie!

Doch gehst du dann auf der Straße lang,
schnell umfängt dich ekliger Gestank.
Abgase, auch feinen Staub atmest du ein.
Die Luft ist gar nicht mehr so rein!

Drum ist Autofahren sehr viel schlimmer,
denn die jungen Fahrer düsen immer
wild durch die Schluchten ihrer Straßen,
als genössen sie ihr Leben nur im Rasen,
bis tot sie dann im Straßengraben liegen,
um ins Paradies ganz schnell zu fliegen.

Bei Alkohol, bei Drogen und beim Spritzen
Trinker, Junkies froh beisammensitzen,
beim Dealen, Qualmen und beim Saufen
und dabei laut zu lärmen und zu raufen.
Das verkürzt ganz schnell ihr Leben,
so meinen sie: Das war's dann eben!

Ganz schlimm ist sicherlich das Rauchen,
denn die Raucher, die verbrauchen
das bisschen unsrer gar nicht guten Luft
mit ihrem üblen Raucherduft.
Doch nun wissen's alle Raucher schon,
denn geschrieben ist's im barschen Ton,
dass: »**Manchmal (!) tötet Rauchen!**«
Sei's drum, sie werden weiter schmauchen.

Willst du gesund trotz allem leben,
verzichte darum mal eben
aufs Essen, Trinken, Rauchen, Lachen
aufs Händeschütteln, Liebemachen,
vergiss auch atmen, denn es schadet dir,
wenn lange willst gesund du leben hier.
Du siehst, gefährlich ist das Leben heute,
so sagen viele klugen Leute.
Doch haben sie wohl auch bedacht,
für einen jeden wird es einmal Nacht?
Politiker und Bürokraten haben keinen Schimmer:
denn: »**Lebensgefährlich ist das Leben <u>immer</u>!**«
Zieh drum die Konsequenz für dein Leben ohne Not,
kauf' dir 'nen Strick und schieß dich tot.

Ein Traum

Einst träumt' ich einen schönen Traum,
ich war ein Schmetterling
und flog im Wind am Waldessaum
und gaukelte. Die Zeit verging.

Doch plötzlich mir ein Bild erschien,
meine Sinne nahmen es tief in sich auf.
So etwas Schönes hatt' ich noch nie gesehn,
eine Blume machte grad ihre Blüte auf.

Wie sich ihr schlanker Leib im Winde bog,
wie sie sich drehte und wiegte, als tanze sie.
Alles an ihr mich an sie zog,
so was Herrliches sah ich noch nie.

Ich schwebte heran und ließ mich nieder,
alles an ihr lockte und rief:
»Komm doch, setz dich auf meine Blütenglieder!«
Ich saß und träumte, ich sei in einer Wiege und schlief.

Dieser Traum im Traum war herrlich und schön.
Von Frieden, von ewiger Ruhe beseelt.
Wie wenn linde Düfte mich umwehn,
wenn zum Glücklichsein mir nichts mehr fehlt.

Doch dann wacht' ich auf, ich saß nicht, ich lag,
aber nicht alleine lag ich im Bett.
Ich fragte sie: »Ich bitte dich, sag,
warst du es, warst du zu mir so nett?«

Sie legte um mich ihre weichen Glieder
und küsste mich zart auf den Mund.
Der Traum fiel wieder auf mich nieder,
für mich zählte nun mehr keine Stund.

Das Leben

Ein Strauch, der grünt,
eine Blume, die blüht,
wenn Sonne scheint auf Wegen,
das ist Leben.

Ein Vogel, der singt,
ein Quell, der springt,
die Spinnen, die Netze weben,
das ist Leben.

Ein Kind, das lacht,
eine Mutter, die wacht,
der Vater daneben,
das ist Leben.

Ein Mädchen, das liebt,
ein Kuss, den sie gibt,
mit Freude und Lust gegeben,
das ist Leben.

Das Fließen und Dröhnen,
das Ächzen und Stöhnen,
durch Handeln und Arbeit gegeben,
das ist Leben.

Aufwärts sich heben
und nach vorne streben,
Kenntnisse weitergeben,
das ist Leben.

Doch ich sitze stumm
im Leben herum.
Ich lebe nur eben
neben dem Leben.

Erinnerungen

Die Zeit verfliegt. Besinnlichkeiten,
die bleiben in uns immer wach.
Doch trüber werden sie, und nach und nach
verdämmern sie, im Blick auf alte Zeiten.

Als kleinen Lichtblick nur, als ein Geschenk
betrachte ich das Bild, das mich gemahnt
an eine schöne Zeit, an einen Ort mit dir,
und heut noch freudig deiner ich gedenk.

Vorbei ist lang nun unser beider Zeit.
Oft frag ich mich, wohin hat's dich getrieben?
Ist die Erinnerung auch dir geblieben
an unsre Zeit, die nun zurück so weit?

lllllllllllllllllllll
Elfchen
lllllllllllllllllllll

»Schätzchen,
sage mir,
liebst du mich
noch wie früher täglich?«
»Unsäglich!«

Wieder
Kaffee trinken,
in Muße versinken,
dann, nach Zigaretterauchen,
abtauchen.

Bücher
wieder lesen,
Gemälde auch besehn,
gut wär das gewesen,
schön!

Stumm,
sitze hier
vor dem Papier,
einem leeren Blatt herum.
Dumm!

Muss
Gedichte schreiben,
meine Gedanken bleiben
mal wieder ohne Musenkuss.
Verdruss.

Mädchen
schön, jung
lockt mit Wädchen.
Nicht den alten Greis,
Scheiß.
11

HAIKU = H a i k u

❖

(1. Zeile fünf Silben, 2. Zeile sieben Silben, 3. Zeile fünf
Silben)

Früh helle Sonne.
Am Himmel Schleierwolken.
Müde ich im Bett.

Frau auf Sofa sitzt.
Auffordernd ihr Lächeln mir.
Raus geh ich zur Tür.

Nachts ein kesser Traum.
Meine Liebste naht sich mir.
Wach bin ich allein.

Bogen Schreibpapier.
Leer, ohne eine Zeile.
So ist auch mein Kopf.

Einsam am Fenster.
Viele Paare auf Straßen.
Ich aber allein.

Sie liebt mich, sagt sie.
Und bat mich gleich um viel Geld.
Kann ich glauben ihr?

Sitze am Ufer.
Träume von schönen Mädchen.
Im Teich alter Frosch.

Sonne geht unter.
Frau arbeitet im Reisfeld.
Lächelt vor sich hin.

Am frühen Morgen
Von Mädchen jung träume ich.
Abends runzlig sie.

Vögel viel im Baum.
Reife Früchte an Ästen.
Leer mein Speiseschrank.

Schreibe Liebesbrief.
An Freundin in der Ferne.
Küsst Mann dort gerne.

Es klopft an der Tür.
Schönes Mädchen steht davor.
»Mein Freund nicht mehr hier?«

Blatt im Winde weht,
Doch der Zweig nicht fest mehr steht.
Leben bald vergeht.

Zigarette qualmt
Und Rauch aus dem Kopf mir steigt.
Idee steigt doch nicht.

❖

Was wäre, wenn, ihr liebe Christenheit, denkt mal von vorn,
der Jesus Christ, des Gottes lieber Sohn, wär nicht gebor'n?
Trügen nicht das Kreuz in alle Welt hinaus,
hätt' nicht gegeben so viele Tode, so viel Graus,
vielleicht wären wir dann nicht solch große Tor'n?

Was wäre, wenn der Jesus nicht ans Kreuz geschlagen?
Das werden viele Christen sich wohl fragen.
Er lebte unter uns, ganz still und heiter,
vielleicht wär er ein Museumsleiter,
ganz stolz dann, schon mit Schlips und Kragen.

Was wäre, wenn der Ruprecht käm' nicht auf die Erde,
der Schlitten nicht, davor auch nicht die Pferde?
Er brächte nicht Gaben und Geschenke,
stumm säßen wir, leise, daran denke.
Ohne Gänsebraten stünd' die Mutter vor dem Herde.

Was wäre, wenn im Wald der Tannenbaum ohn' Lichtlein
brenne?
In Flammen stünd' er dann, oh, was ein wild Gerenne,
Leute viel und Feuerwehr in eil'gem Schritt
brächten Äxte, Stangen und 'nen Eimer Wasser mit.
Sie retten Hof und Hund und Kuh und auch 'ne Henne.

Was wäre, wenn die Bibel niemals wär geschrieben?
Ohne die heiligen Worte dann wären wir geblieben!
Die Propheten wären unentdeckt.
Auch mit Sünde wären sie befleckt.
Wir lebten froh und heiter, friedlich wär es auch hienieden.

Was wäre, wenn die Glock' zum Kirchgange nicht mehr riefe?
Die Pastoren nicht mehr am Abgrund unsrer Seelentiefe
uns dort zu schlimmen Sündern stempeln,
zum Beten wäre niemand in den Tempeln.
Ein jeder dann zum Schnäpschen in die Kneipe liefe.

Limerick
»Meine Zeit«

Ich glaube, meine Zeit ist nun gekommen bald.
Wärme verlässt mich, mir ist schon bitterkalt.
Auch ist die Vergangenheit
nicht mehr nah, ist so weit.
In Gegenwart und Zukunft find ich keinen Halt.

Millionen Jahre ist die Zeit dahingeflossen,
in meiner Jugend hat's mich nicht verdrossen.
Im Alter aber frag ich dann,
wo ist sie geblieben nur, oh Mann?
Hab ich die Zeit, die man mir gab, genossen?

Schöne Zeiten gab es auch für mich sehr viele,
gesteckt hab ich mir eine Menge großer Ziele.
Erreicht doch nur ein paar,
was besonders schwierig war.
Nun am Lebensende hab ich vergessen viele.

Die Zeit, für uns ein unbekanntes Phänomen,
ein jeder sieht sie kommen, sieht sie gehn,
woher, wohin, man weiß es nicht,
ganz weit erblicken wir ein Licht.
Bald aber können wir es nicht mehr sehn.

Irgendwann kommt für jeden mal das Ende.
Niemand weiß es, keiner kennt die Wende.
Denk immer dran,
denn irgendwann
gibst auch du dich dann in unbekannte Hände.

Freie Hansestadt Bremen

+ Ein Porträt in Hexametern +

Wandrer, kommst du nach Bremen, die Schilder beachte
getreulich,
sie führen dich sicher im Kreise, nie erreichst du dein Ziel.
Baustellen sperren deinen Weg, oder auch ein Stoppschild.
Fürchte dich nicht, vielleicht wird einer retten dich
aus Bedrängnis und Not, eventuell ein echter Bremer,
doch nur, wenn er in Geschäften zur Zeit nicht unterwegs.

Oh Wandrer, wundre dich nicht, denn lange Zeit schon,
an tausend Jahre, bau'n die Bremer ihre Stadt.
Doch fertig wird dieser Ort gewiss noch lange nicht,
denn immer ist da einer, dem es nicht gefällt.
Altes wird zerstört! Ist Neues nur in Mode?
Gediegnes sollten doch bewahren unsere Enkel!

Im Grabe umdrehn würden sich die Väter dann,
sähen sie, was aus der Heimat nun geworden.
»Bremen, sei bedächtig, lasse nicht mehr ein,
du seist ihrer mächtig!«, sagten einst die Ahnen.
Auch: »Was von Vätern einst Gutes ihr erhalten,
solltet treulich ihr den Später'n wohl verwalten.«

Die Henne mit den Kücken, wo ist sie geblieben?
Nicht sorgt sie sich um ihre große Kinderschar.
Auch nicht die sieben Faulen schaffen wieder Werte.
Die Musikanten unserer Stadt, sie sind davon.
Heißen Jazz und laut Geschreie hört man dröhnen.
Nicht wie einstmals nur Musik in feinen Tönen.

Ist's so wie einst vordem mit unsern Hanseleuten,
als Kauffahrtschiffe andrer Städte sie erbeuten?
Nein, bis heut ist Bremen Freie Hansestadt,
weil sie damals andern viel gegeben hat.
Doch die andern Länder, Städte woll'n nicht geben,
sie meinen, Bremen soll aus sich alleine leben.

Wenn auch das Diplom des Kaisers von Linz sagt aus:
»Dem Reich nur seid ihr untertan, ihr dort in Bremen.«
Die Leut in deutschen Landen aber soll'n sich schämen,
sie geben nicht den Zins, den Menschen hoch im Norden.
Was tun wir nur, wir Bremer Leute, wir ganz armen?
Die Hansestadt geht ein, wenn sie sich nicht erbarmen.

Im Wartestand

Es ist ja wahr, immer mehr Alte leben in der Bundesrepublik. Ständig wächst ihr Anteil an der Gesamtbevölkerung. Sie arbeiten nicht, sie produzieren nicht, sie leben auf Kosten der Jüngeren, die ihnen ihre Rente erarbeiten. Ein Zustand, den viele Menschen in entsprechenden Organisationen, Parteien und Gewerkschaften abhandeln und diskutieren, ohne dass jemand einer praktikablen Lösung näher gekommen wäre. Bekanntlich sind die Kosten enorm und niemand weiß so genau, wie dieses Problem sich in zwanzig, dreißig oder vierzig Jahren darstellen wird. Woher auch, denn wer kann schon in die Zukunft sehen? Heutzutage kann man vieles hochrechnen, eventuell auch Zukünftiges aus gegebenen Daten zugrunde legen, aber wirklich wissen, das kann wohl auch nicht die modernste Zukunftsforschung. Es gibt eben zu viele Unwägbarkeiten.

Inzwischen heißen die Alten ganz vornehm Senioren. Das klingt besser und hat nicht so einen negativen Beigeschmack. Niemand aber kann abstreiten, dass sich immerhin einige der sozialen Organisationen inzwischen vermehrt um die Alten kümmern. Dann heißt es in den entsprechenden Überschriften der Zeitungen: *»Die Zukunft gehört den Alten«*, oder: *»Älter werden ist keine Schande«*, auch: *»Wir wollen mitmischen, solange wir können.«* Doch was ist, wenn die Alten nicht mehr mitmischen können, wenn sie aufgrund einer körperlichen Behinderung mit den *»Normalen«*, den Jungen, denen, die noch in Saft und Kraft stehen, nicht mehr mithalten können. Wenn ihr langes Leben sie so ausgelaugt, so gebeutelt hat, sie von Krankheit so gezeichnet sind, dass es wirklich nicht mehr geht, dass viele von ihnen vielleicht, wenn auch zaghaft, ihr baldiges

Ende herbeisehnen, das aber immer noch nicht naht? Was sollen die Jungen mit ihnen tun? Gehört diesen Alten auch die Zukunft?

Verließen die Alten das Diesseits kurz nach Eintritt ins Rentenalter, erwiesen sie der Gemeinschaft sicher einen sehr großen Dienst. Es wäre ihre letzte Leistung, die sie der Menschheit darbringen könnten. Vielleicht wäre dann die junge Generation den Alten dankbar, dass sie ihr nun nicht mehr zur Last fielen.

Wie aber erlebt, so ein alter, von der Gesellschaft schon aufgegebener Mensch, der Gegenwart ausgeliefert und von den jetzt Tätigen bereits abgeschrieben, wie erlebt er *seine* Zukunft? Wie sieht, was empfindet er in dieser neuen Zeit? In einer Zeit, in der die Medien mit der Werbung, ständig und unüberhörbar der jungen Generation primitive Trugbilder mit dem Schlagwort *»Forever young!«* vorgaukeln? Sie verführen fortwährend die junge Gesellschaft zu einer immer umfassender werdenden makabren Maßlosigkeit, um deren weiteres Leben damit scheinbar reizvoller zu gestalten. Gleichzeitig wird durch entsprechende brutale Filme einigen Jugendlichen Gewalt als einziges Mittel der zwischenmenschlichen Verständigung vorgeführt. Dies alles häufig noch mit dem Begriff einer fragwürdigen »Selbsterkenntnis« verbrämt und alles unter dem Oberbegriff der neuen Kultindustrie, dies sei nun einmal der *»Zeitgeist«*, zusammengefasst. So etwa sieht der alte Mensch die Gegenwart! Er fühlt sich als Geschöpf einer weit zurückliegenden Zeit.

Was nun kann so ein älterer Mensch unter solchen gesellschaftlichen Bedingungen für sich und den Rest seines Lebens mitnehmen von diesen gegenwärtig ihn so belastenden Eindrücken und vielleicht auch von den bitteren Traumata aus seiner Jugendzeit?

Körperlich kann er nach einem mehr oder weniger langen Leben nicht mehr *mitmischen*, blickt trotzig zurück in seine Vergangenheit, im Geist immer wieder an die Aussage denkend: *»Älter werden ist keine Schande«*, gleichzeitig aber richtet er in tiefer Betroffenheit den Blick fragend, zweifelnd nach vorn in seine ganz persönliche, auch ihm noch so fremde, unbekannte Zukunft und findet keine Antwort.

Alte Bilder aus seiner Vergangenheit tauchen vor ihm auf; Bilder, Ereignisse und Begebenheiten, an die er oft auch schmunzelnd zurückdenkt. Aber überwiegend Bilder voller Sorgen, voll von Leid und Schmerz, die ihn damals schier zur Verzweiflung brachten, Bilder aus Krieg, Gefangenschaft, Lazarett, alles quälende Erinnerungen ohne Vergessen. So sitzt dieser alte Mensch allein in seiner Behausung. Sein Denken bewegt sich zwischen Vergangenheit, Gegenwart und unbekannter Zukunft. Trotz vieler schrecklicher Kriegszeiten gab es in seiner Vergangenheit daneben auch wundervolle Begegnungen einiger kürzerer Liebschaften, auch voller herzlicher Liebe, die nun schon vor langer Zeit vergangen ist, sowie vertraute Freundschaften und ausgelassene Feiereien, an die er sich gerne erinnert, in der Hoffnung, damit die irgendwie aussichtslose Gegenwart bewältigen zu können. Auch früher gehörte zum Lachen immer eine kleine Träne, zum Lieben auch ein bisschen Traurigkeit, zum Lauten auch die Stille, zum hellen Licht immer auch der tiefe Schatten.

Diese Gegenwart aber erscheint ihm völlig fremd und so fern. Auch bei wohlwollendster Betrachtungsweise der momentanen oft als modern bezeichneten öffentlichen Bloßstellungen ganz privater und intimer Beziehungen und Situationen scheint das, was früher als guter Geschmack bezeichnet wurde, der neuen Generation abhanden gekommen zu sein. Trotz seines Bemühens kann er keine hoffungsvollen Ziele für diese neue Gesellschaft erkennen.

Obwohl auch er einige gelungene Errungenschaften der jungen Generation als durchaus positiv anerkennt, bleibt für ihn im Wesentlichen nur eine kritische, zurückhaltende Distanz zu dieser neuen, lauten, jungen Gesellschaft übrig, die für ihn mit deutlichen Verlusten früherer Moralvorstellungen verbunden ist.

Ich stehe im Leben herum. Irgendwo, irgendwie. Ich weiß nicht warum, weiß nicht wieso. Irgendjemand hat mich in dieses Leben gestellt – nein, gesetzt. Stehen und Gehen fallen mir so schwer. Nun sitze ich hier, allein. Ich sitze nur eben. Ich warte halt. Ich warte, dass etwas geschehe. Es geschieht aber nichts. Nichts, was mich betreffen könnte. Ich befinde mich eben im Wartestand.

Dann jedoch, ich ahne es mehr, als ich es sehen, es hören könnte, irgendwo, weit weg in der Ferne, da scheint Leben oder so etwas Ähnliches wie Leben stattzufinden. Es ist nur eine Vermutung, ein Gefühl, eine Empfindung, vielleicht etwas Unbewusstes, es scheint so, dass diese meine Ahnung etwas mit Leben zu tun haben könnte. Doch ich vernehme nur einen Hauch von Rauschen und Raunen, von Rinnen und Rieseln, kaum wahrnehmbar. Ist das alles vielleicht nur eine Illusion? Oder ist da noch etwas anderes? Ist es das, was die Menschen bewusstes Leben nennen? Wo aber bleibt nun mein Bewusstsein? *»Bewusstsein beginnt mit dem Wissen, also erfahre dich selbst«*, meinte Sokrates. Ich habe es versucht, ich habe nur Zweifel erfahren, Zweifel über mein Wissen, mein Denken, mein Dasein.

Mein zweifelndes Wissen und Denken sagt mir jedoch, da ist doch etwas, aber ich kann es nicht erkennen. Dann sehe ich, fernab, ganz schemenhaft, unscharf, kaum wahrnehmbar, dunkel, grau in grau, wie mir scheint, irgendwelche zwielichtigen Wesen. Menschen sind es, die laufen und rennen, sie gehen und springen, wirbeln und wogen um- und umeinander. Fremdartig, seltsam, eigentümlich. Ist da eine Wand zwischen uns? Ich sehe keine Wand. Sie muss wohl gläsern sein, nicht sehr klar, milchig, beinahe undurchsichtig, trennend eben.

Ich versuche für diese anderen Menschen, die so weit, so fern sind, ich versuche Verständnis für sie aufzubringen. Es gelingt nicht. Keine Bedeutung, keinen Sinn kann ich für mich erkennen in diesem nur vagen, mehr zu erahnenden als erkennbaren Rufen und Röhren, dem Toben und Tosen, dem Kichern und Kreischen, dem Lachen und Lärmen, auch nicht in dem Seufzen und Stöhnen. All diese eigenartigen, flüchtigen Töne jener so fremden und fernen menschlichen Wesen, sie sind mir rätselhaft, ja nebulös. Mein Bewusstsein kann diese oft so eitlen Töne wahrnehmen, aber nirgends einordnen, nicht entschlüsseln, nicht deuten.

Was ist es bloß, das mich von diesen so schrillen, gellenden und merkwürdigen, so fremden Lebenden trennt? Ist das hinter der Glaswand die reale Wirklichkeit, ist es der lebende Beweis neuen Daseins, ist es das Jetzt? Bin ich, kann ich Teil sein dieser Wesen, dieser Gestalten, dieser Geschöpfe, all dieser Figuren? Schwer fällt es mir, mich mit ihnen zu identifizieren, zu sein, wie sie sind, wie sie mir erscheinen. War ich denn – vor langen, vor ewigen Zeiten – auch so ein Jemand?

Trotz überaus tiefsinnigen Grabens in den hintersten Ecken meiner Erinnerungen, ich kann keine Wesensgleichheit feststellen mit mir und denen da hinter der gläsernen Wand. Was aber bin ich denn jetzt? Bin ich nur einer von den Senioren, die, wie man so sagt, einsam und allein, sinnierend dasitzen über allem Fremden, um darüber nachzudenken? Bin ich für sie ein Ausgestoßener? Gehöre ich nicht mehr dazu? Bin ich abgemeldet für die in der Welt da draußen? Zähle ich für die nicht mehr? Ob die mich dort überhaupt noch wahrnehmen? Bin ich ihnen fremd, so fremd, wie sie mir erscheinen? Bin ich nun in ihrer Welt nur noch ein Fremder in der Fremde?

Den Blick aus dem Fenster in den blauen Himmel gerichtet, tief in meinem Sessel versunken, fallen mir die Augen zu. Erinnerungen, erst schwach, dann immer deutlicher werdend, keimen aus vergangenen Zeiten in mir auf.

Allein sitze ich am Tisch. Ich lese. Karl May: »Durch die Wüste«. Ich reite mit Hadschi Kara Ben Nemsi, seinem Diener und Freund, Hadschi Halef Omar Ben Hadschi Abul Abbas Ibn Hadschi Dawud al Gossarah, durch die arabische Wüste. Erlebe mit ihm die Verfolgung durch räuberische Beduinen, denen wir immer wieder entkommen. Ich habe Hunger und Durst, bin erschöpft. Ich schrecke auf. Lauter Ruf meiner Mutter: »Komm zum Abendbrot!« Zögern ist nicht angesagt. Wir haben gelernt, schon der ersten Aufforderung zu folgen. Mein Vater und meine Geschwister sitzen bereits am Tisch. Die Mutter ermahnt uns: »Schmiert die Margarine nicht so dick aufs Brot. Ihr wisst, alles ist rationiert. Mit dem Rest müssen wir noch eine Woche auskommen.« Mein Vater wird sachlich: »Seid ihr mir den Schularbeiten fertig?« Positives Gemurmel, bejahendes Kopfnicken die allgemeine Antwort. »Nach dem Essen möchte ich die Arbeiten sehen!« im Befehlston. Widerworte gibt es nicht. Mit einem blauen Auge komme ich diesmal davon. »In Mathematik erwarte ich in Zukunft eine bessere Leistung von dir! Nimm dir ein Beispiel an deinem Bruder!«

Später die väterlichen Direktiven für den morgigen Tag. Ein Stück Wiese, etwa 400 m², war meinem Vater vom Tennisverein überlassen worden. In mühseliger Arbeit hatten wir diese gewachsene Wiese bei Kriegsbeginn umgegraben. Kartoffeln, Gemüse,

Obst sollten später geerntet werden. Vom Frühjahr bis zum späten Herbst versammelte sich hier nachmittags die ganze Familie, um die für eine gute Ernte erforderlichen Arbeiten, wie Kartoffelhacken und vor allen Dingen Gießen, zu erledigen. Das Gießen war für uns Jungens die am meisten verhasste Arbeit. Der Zapfhahn für das Wasser war ca. 100 Meter entfernt. Jeden Tag Wasser schleppen. Wir fluchten still über diese Schufterei. Keiner von uns hätte es gewagt, gegen die Anordnungen des Vaters zu rebellieren. Nur unter uns schimpften und lästerten wir über diese unsägliche, beinahe unzumutbare Schinderei, deren Notwendigkeit wir natürlich auch einsahen.

Mein Vater hatte für alle männlichen Mitglieder der Familie Fahrräder besorgt, zum Teil gebrauchte. Immer in Erinnerung wird mir unsere erste gemeinsame Tour mit dem Fahrrad von Cranz nach Schwarzort auf der Kurischen Nehrung in Erinnerung bleiben. Meine Mutter und Schwester wurden in Cranzbek zum Schiff gebracht, um auf dem Kurischen Haff nach Schwarzort zu schippern. Wir Radfahrer schwangen uns in die Sättel, und los ging die Tour. In Sarkau, wo auch unser Schullandheim war, machten wir die erste Station. Wir gingen zum Ostseestrand, genossen den frischen Seewind und warfen flache Steine ins Wasser. Bei diesem Wettbewerb waren wir Jungens besser als unser Vater. Unsere Steine hüpften weiter über die ruhige Wasserfläche. Bald danach radelten wir in Richtung Rossitten. Kurz vor dem Ort mit der bekannten Vogelwarte bemerkte mein Vater, dass er seine Leica auf einer Kiste am Strand von Sarkau vergessen hatte. Den Fotoapparat hatte er, um besser werfen zu können, dort abgestellt. Sofort sagte er uns Bescheid. Meine Brüder kehrten um und rasten zurück. Mein Vater und ich folgten ihnen. Nach längerer Zeit kamen sie uns entgegen und schwenkten schon von weitem die Kamera. Voller Dankbarkeit belohnte er diese erfolgreiche Extratour mit einer Geldspende.

Plötzlich flog ich wieder am Strand der Kurischen Nehrung entlang. Wenn es auch nur der Schulgleiter war, aber hier erlebte, ja *fühlte ich die Freiheit, nach der ich mich so sehr sehnte. Ein Gefühl des »Über-allem-Schwebens« die Welt unter sich, alle Widrigkeiten hinter sich lassen und vergessen können, all das zusammen hob mich in Gedanken höher und höher hinauf. Ich war ungebunden. Ich war frei von allen Zwängen.*

Ich träumte von den Straßen in denen ich aufwuchs, von Freunden, mit denen ich gemeinsam manch wilde Scherze getrieben hatte, von der See, von Wäldern, der reizvollen Natur, der klaren Luft, von jugendlicher Neugier, Erfahrungen zu sammeln, möglichst alles kennen zu lernen, was damals noch von Geheimnissen umwittert schien. Ich versank in die Zeit meiner Jugend, die nun schon so lange vorbei.

Ich schreckte auf! Die Uhr hatte geschlagen. Wie in einem Kaleidoskop war die Vergangenheit in meinem Traum an mir vorübergezogen. »War damals wirklich alles nur schön?«, fragte ich mich selbst. »Nee, bestimmt nicht, du Träumer!« Die Gegenwart hatte mich wieder.

Der träumerische Rückblick in meine Vergangenheit öffnete mir wieder die Augen für das Jetzt. War ich damals nicht auch ähnlich denjenigen dort hinter der Glaswand? War auch ich nicht einmal einer, der mitmachte beim Lachen, beim Tanzen, beim Singen und Johlen, der mitmischte beim lärmenden, schrillen und gellenden Leben? Habe auch ich nicht Lust und Laune, Spiel und Spaß, Liebe und Hass, Freud und Leid geteilt mit all den anderen, die Gleiches taten, Gleiches erlebten?

Hatten wir alle damals nicht auch mit Elan und Frohsinn – wenigstens hin und wieder – unser Leben genossen? Gehörte nicht auch ich zu all den Emsigen, den Eifrigen, den immer Tätigen? Wollte auch ich nicht das Leben genießen? Hatten wir damals nicht auch unsere Macken?

Wollte auch ich nicht teilhaben an den vielen Dingen, die das Leben uns einst bot? Gehörte auch nicht ich zu dem Kreis der Schaffenden, der Rastlosen, zu denen, die die Welt bewegen wollten? Bewegen in ihrem Sinne? Schon Leibniz meinte vor etwa dreihundert Jahren: *»Wir lebten in der besten aller Welten.«* War die Welt vor dreihundert Jahren besser als heute? Es können wohl nur die Alten beurteilen, ob die Vergangenheit besser war als die Gegenwart. Ist das nun unsere Wahrheit? Ist dies die Wahrheit der jetzt Alten? Wie sieht dann die Wahrheit der Jungen aus? Ist auch die vergänglich und kurzlebig? *»Die absolute Wahrheit gibt es nicht«*, meint Karl Popper.

Ich kann nur das Alte dem Neuen gegenüberstellen. Das Gestern dem Heute. Doch heute? Heute ist alles anders, ganz anders. Heute zählt nicht mehr das Produkt einer gesteigerten Leistung. Nein, nur noch Agitation, Schlagworte und Werbung in ihrer brutalsten Form sind ausschlaggebend, um in dieser neuen Welt bemerkt zu werden. Die Medien beherrschen die öffentliche Meinung, bestimmen, was Recht und Gesetz zu sein habe, was gut und böse ist, was *»in«* ist und was heute endgültig *»out«* zu sein hat. Dann wird alles mit den beschönigenden Worten *»Vergangenheitsbewältigung«* und *»Wettbewerbsdenken«* umschrieben, um damit die oft mangelhaften und fragwürdigen eigenen Erzeugnisse und Meinungen der Bevölkerung anzudienen. Auch die neu auf den Markt gekommene *»Anti-Aging«*-Bewegung scheint bezeichnend zu sein für einen modernen Stil in unserer Zeit. Wer hat sie eigentlich erfunden? Waren es die Jungen, die den Alten etwas Neues verkaufen wollen, oder doch die Alten, die sich ewige Jugend vorgaukeln? »Gestern ist tot, es lebe das Heute!« Konsumterror in seiner anmaßendsten Form scheint inzwischen das Maß aller Dinge zu sein. Entscheidend ist einzig und allein der Umsatz, der für sich zählt. Der scheinbare Erfolg richtet sich nach der lautesten Stimme, dem stumpfsinnigsten Organ!

So, auf diese ruppige Art, war das Gestern in meiner Erinnerung nicht! Ich kann es nicht fassen, nicht verstehen, von allem was da draußen getrieben wird. Das an Chaos, nahezu an Anarchie grenzende leere Geschrei, Gejohle, dieses Schrille und Laute, ich mag es nicht hören. Dieses unkritische, bedenkenlose Anpreisen von unbedarften, einfältigen so genannten »Stars« und die oft obszöne grelle Anbiederei, das aufdringliche Feilbieten vulgärer menschlicher Schwächen, dies alles ist so ganz anders, als es einmal war. Bedrückend ist es, beklemmend, besorgniserregend. Es erscheint mir bizarr, grotesk, exotisch. Ist das der Fortschritt? Ist es der neue Zeitgeist? Es ist ein Wertewandel eingetreten, eine Umkehrung aller Werte, die uns einst beigebracht worden sind.

Unter solchen Voraussetzungen kann ich nun nichts mehr bewegen. Ich habe keinen Einfluss, keine Wirkungsmöglichkeit mehr. Vom Macher, vom Insider bin ich jetzt zum Nobody geworden, ein Etwas, ein Niemand, ein Übriggebliebener, der anderen in der neuen Gesellschaft zur Last wird, zu nichts nutze, nicht mehr zu gebrauchen, eben ein Kostenfaktor, endgültig abgeschrieben. Kaum noch einer Erwähnung wert, höchstens als nutzlos, unwert für den scheinbaren Aufstieg. Von meinem Wartestand aus beobachte ich die Gegenwart ohne jedes Verständnis für ihr Tun, ihr Wirken. Früher war doch vieles besser, wie wir immer meinten, auch unsere Zukunft!

Die da hinter der Glaswand, die vielen, die fremden Menschen, sie sind so anders, als wir einst waren. Sie denken, sie fühlen, sie reden und handeln anders. Sind das wirklich unsere Nachkommen, unsere Söhne und Töchter, unsere Enkel? Sie sind mir so fern. Die Distanz zu ihnen erscheint mir unüberwindlich.

Haben wir ihnen denn eine so ganz andere Welt hinterlassen, in der wir einst erwachsen geworden sind? Oder hat sich die Gesellschaft, die Welt, haben sich die Menschen unserer Erde so sehr gewandelt, dass wir sie nicht mehr verstehen? Haben unsere Kinder wirklich diese gewaltige Umgestaltung herbeigeführt?

Irgendwie fällt es mir schwer, dies alles zu glauben, es für die Wirklichkeit zu halten. Wir haben sie doch erzogen, erzogen in unserem Sinn, haben ihnen vorgelebt, was wir einst unter Leben verstanden. Ich kann nicht erfassen, was unsere Nachkommen aus dem Leben gemacht haben. Sind denn unsere Kinder uns so vollkommen unähnlich? Wir wollten doch Traditionen erhalten, Traditionen, die wir einst von unseren Vorfahren übernommen hatten, um sie weiterzugeben an Kinder und Enkel. Entsprach nicht unser Dasein, war unser Leben nicht auch dasjenige unserer Ahnen?

Haben wir wirklich all das weitergegeben, was wir einst von unseren Vorfahren übernommen hatten? War unsere Geschichte und die unserer Eltern so vollkommen falsch? Man hatte uns doch früher einmal gelehrt, dass man aus der Vergangenheit lernen muss, um die Zukunft gestalten zu können. Kaum gilt noch, was uns als grundlegende Regel für ein geordnetes, moralisch einwandfreies Leben beigebracht wurde. Wir folgten dieser Regel, die in erster Linie aus Pflichterfüllung bestand. Das war oberstes Prinzip, das war das absolute Gebot des vorgezeichneten Lebensweges für einen jeden von uns. Es galt auch: »Einer für alle, alle für einen!« Heute jedoch denkt ein jeder nur an sich. Der Nachbar, der Nebenmann ist nur dann von Interesse, wenn er etwas zu bieten hat, was einem selbst zum Vorteil gereicht. Ist der Nutzen jedoch erloschen, endet auch die Eintracht.

Sind wir Alten vielleicht doch stehen geblieben, stehen

geblieben in *unserer* Zeit? Bringen wir für all die Änderungen nicht mehr das nötige Verständnis auf? Können wir nicht mehr vorwärts denken? Sind wir mit der Entwicklung nicht mitgegangen, haben nicht Schritt gehalten mit all dem Neuen? Oder ist es vielleicht doch ganz anders? Haben wir, die Älteren, aus der Sicht der jüngeren Generation überhaupt gelebt? War unser Leben so falsch, so sehr neben dem Leben? So sehr neben der Vorstellung vom Menschsein der Heutigen? Können wir deshalb die neue Generation nicht mehr verstehen? Gelten heute andere Maximen für das gesellschaftliche Leben, als wir es einst lernten? *»So wie die Alten sungen, zwitschern heute schon lang nicht mehr die Jungen!«* So wird es wohl sein. Mit folgenden Worten hat Friedrich Hebbel seinen Standpunkt zu Jung und Alt formuliert: *»Der Jugend wird oft der Vorwurf gemacht, sie glaube, dass die Welt erst mit ihr anfange. Aber das Alter glaubt noch öfter, dass mit ihm die Welt aufhöre.«* Lord Ernest Rutherford meinte einmal: *»Die Jugend ist viel zu jung für die Jugend.«* Es stimmt wohl beides!

Wir Alten sind durch viele Zeiten gewandert, haben einen mehr oder weniger erheblichen Teil verschiedener Zeitläufte er- und gelebt, zu denen auch in unserer Zeit das Laute, aber ebenso die Stille gehörten, wie auch das Lachen, verbunden mit Tränen, so wie zum Lieben immer wieder die Trauer.

Hört mit uns Alten die Welt wirklich auf? So wird es wohl sein: *»Unsere Welt, die Welt der Alten, hört mit uns auf!«* Mag ja sein, dass diese Einstellung der Älteren von den Jungen als Senilität bezeichnet wird. Ja, es mag sogar sein, dass sie hiermit nicht ganz Unrecht haben, aber ist diese Altersschwäche nicht gleichzeitig eine Rückkehr in die Vergangenheit? In eine Vergangenheit der Alten, in eine frohe, eine freudige Kindheit? Wer entscheidet eigentlich über jemandes Senilität? Es sind doch immer die Jungen, die einem Alten gestriges Denken vorwerfen! Doch bedenket bitte eines, schon die alten Griechen wussten: »Wen die Götter lieben, der stirbt jung!« Werden nun eigentlich die rasenden jungen Autofahrer von den Göttern geliebt?

Ach, ihr Jungen, lasst doch uns Alten unsere scheinbaren senilen Anwandlungen. Wenn euch unsere Meinung nicht mehr in den Kram passt, dann werft ihr uns sofort greisenhaftes, verkalktes Denken vor. Wir Alten jedoch fühlen uns noch ganz fit, auch wenn wir in heute vielleicht überholten Kategorien denken. Aber denken können wir immer noch. Vergesst nicht, viele alte Männer haben für die Welt Nachdenkliches noch im hohen Alter zu Papier gebracht. Wo also fängt Senilität an, wo hört sie auf? Denn vieles, was einst positiv war, wird heute als negativ angesehen und ist für die jetzt Jungen nicht mehr von Interesse. Auch etwas Nachsichtigkeit würde euch gut anstehen, so wie auch Rücksichtnahme und Bedenken, dass auch ihr Produkte aus der Vergangenheit seid, aus der Vergangenheit eurer Eltern. Verteufelt nicht ihre Vergangenheit, denn die Eltern haben ein langes Leben hinter sich, das Kraft und Gesundheit gekostet hat, das euch zum Leben verholfen hat. Von daher verdient ihr Leben in hohem Maße Glaubwürdigkeit. Bringt ihnen Glaube und Würde entgegen, es wird auch euch von Nutzen sein.

Was wird sein, wenn die heutigen Jungen in ihrem Alter genau so fühlen, so empfinden wie wir jetzigen Alten? Ich vermute, sie werden die gleichen Erfahrungen machen, wie wir sie jetzt erleben. Also, ihr Jungen, lasst uns unsere scheinbare Senilität, auch ihr werdet dereinst dahin kommen. Auch die jetzt Jungen werden dann vor der gleichen Situation stehen, sie werden schneller alt und auch sie werden ihre Nachkommen nicht mehr verstehen, denn dieser stetige Wandel, das jeweils *Moderne* wird auch sie überrollen.

Denn das Leben, ja die ganze Natur ist ein ewiges Fließen, es ist stetige Bewegung. Auch wir sind ein kleiner Teil dieses ewig Fließenden, des immer schneller werdenden Stromes des Lebens, dem alles unterworfen ist. Wir können dieses heutige, eben euer stürmisches Fließen wohl nicht mehr ertragen, denn viele der uns vorgegebenen Regeln gelten nicht mehr. Wir sind, ohne unser Zutun, diesem immer schneller werdenden Lebensfluss ausgesetzt, ihm unterworfen von der Geburt bis zum Tod. Diese schnelllebige, die bis in alle Ewigkeit verrinnende Zeit hat uns überholt. Auch euch wird sie dereinst überholen.

Für uns ist die Zeitenwende eingetreten, die Wende zu einer neuen Epoche, die wir nicht mehr verstehen. Es ist einfach nicht mehr unsere Zeit. Es ist die Gegenwart, die Zeit der Jungen. Es ist ihr Weg in die neue Zukunft. Die Uhren gehen heute anders als unsere Uhren damals. Es liegt in der Natur alles Zeitlichen, dieses endgültige Vergehen und das ewig neue Werden. Wir müssen es akzeptieren: *»Wir Alten sind die Vergangenheit, die Gegenwart sind die Jungen. Die Patriarchen verdämmern, und die Nachfrage nach ihnen sinkt«*, hat einmal jemand gesagt. Auch unsere Erfahrungen sind nicht mehr gefragt. George Bernard Shaw warnte die Jungen: *»Nehmt euch in Acht vor alten Männern, sie haben nichts zu verlieren.«* Doch ob dieser Appell gehört wird, scheint mir sehr zweifelhaft.

Ewig beständig ist nur der Wandel. Es ist wohl so, dass der Übergang von der Vergangenheit in die Zukunft, eben das Jetzt – wir nennen es Gegenwart –, ständig und immerfort dem ewigen Wandel unterworfen ist. Unsere Vergangenheit ist mit dem Heute nicht vergleichbar. Uns Alten fällt es mit den Jahren zunehmend schwerer, uns an den fortwährenden, andauernden Wandel zu gewöhnen. Wir, die Alten, haben unseren Teil zum Leben beigetragen; ob gut, ob schlecht, das zu beurteilen obliegt unseren Nachfolgern.

Die Uhr unseres Daseins ist endgültig abgelaufen. Die Zeit hat uns überholt, so wie sie dereinst auch die heute noch Jungen überholen wird. Unser Gestaltungswille, unser Wissen, unser Können, all das ist heute nicht mehr gefragt. Auch unser Leben ist nur ein Übergang.

Doch eines scheint sicher: Die Geschichte kehrt immer wieder zurück, sie torkelt vom Jetzt dem Untergang entgegen und zum neuen Wiederaufstieg hin. Diese Erkenntnis hat sich seit Jahrtausenden immer wieder bestätigt. Alle, die uns folgen, übernehmen jetzt die weitere Entwicklung, vielleicht auch den Fortschritt. Vielleicht aber auch die Zerstörung des menschlichen Lebensraumes. Doch geblieben sind unsere Zweifel, ob es wirklich ein Fortschritt zum Wohle aller Menschen auf dieser Erde werden wird.

Schon Kant, beinahe achtzigjährig gestorben, meinte: *»Mit dem Alter nimmt die Urteilskraft zu und der Geist ab!«* Auch wenn wir noch beurteilen können, was aber können wir bewirken? Diese Zweifel sind wahrscheinlich so alt wie die ganze Menschheit. Haben die Alten nicht schon immer der Jugend misstraut? Wie aber denken die Jungen über uns Alte?

Die Jungen hören doch nicht mehr auf uns. Wir, die Warteständler, sind für die Jungen doch nur noch die Zurückgebliebenen, diejenigen, die aus der Vergangenheit vergessen wurden; die in der Gegenwart zu nichts mehr nutze sind. Wir stehen, nein, wir sitzen im Wartestand, in Erwartung unseres bald nahenden Endes. Nur noch zusehen können wir und stumm bleiben. Wir müssen zusehen, was unsere Nachfolger mit unserem Erbe anfangen werden. Einfach anschauen und hinnehmen. Denn das Leben ist Zeit und Fluss, in dem wir alle dahintreiben, an immer anderen, wechselnden Ufern vorbei. Die Ufer, die Küsten, die wir sahen, sind hinter uns geblieben, andere, ferne tauchen nur noch schemenhaft auf.

Wir Alten, wir alle, wir befinden uns jetzt in einem Zwischenreich, dem Wartestand auf das Unabänderliche, im Wartestand auf das endgültige Aus. Ein jeder von uns mit seiner ganz eigenen, eventuell vergnüglichen, vielleicht auch tragischen und schmerzhaften Vergangenheit im Rücken, blickt wehmütig zurück in seine eigene Geschichte. Wehmütig vielleicht, weil er seine Vorstellungen, seine Ideen nicht verwirklichen konnte. Verzweifelt vielleicht jene, deren Leben aus Sorgen, Krankheit und mangelnder Zuwendung bestand. Wohl gleichermaßen von oben herab, aber eben irgendwie untröstlich die einen, vielleicht sorgenvoll die anderen, so blicken wir zurück, zurück in die Vergangenheit; sie ist das Einzige, was uns geblieben ist.

Aber nein, es bleibt uns außerdem noch das Träumen. Das Träumen von einer Welt, wie wir sie nie gekannt, nie erlebt haben, von einer Welt, die wir begehrten, so, wie wir sie gerne gehabt hätten, dieses Ziel jedoch trotz allen Bemühens nie erreichten. Unsere Träume aber liegen alle in der Vergangenheit. Wir träumen unseren Taten nach, träumen von Eltern, Geschwistern und Freunden, von verflossenen Liebschaften, von schönen Landschaften, die wir sahen, von den vielen unerfüllten Wünschen, denen wir träumend nachtrauern. In unserem Erinnern versinken wir in der Vergangenheit und verlieren die Zukunft aus den Augen. Dennoch warten wir, dass etwas geschehen möge. Aber was? Wir erträumen das Ungewisse, das Nebelhafte, und fragen uns ständig, wie es wohl im Unendlichen sein mag.

Das bisschen Zukunft, das jedem von uns noch beschieden sein wird, liegt im Dunkel, wohl auch im Dunkel des Vergessenwerdens. *»Niemand weiß alles über das Diesseits, wie will man dann etwas über das Jenseits wissen?«*, hatte schon Sokrates festgestellt. Alle Religionen behaupten jedoch, sie wüssten genau, wie es im Jenseits aussehen wird. Doch auch die Verkünder sind noch nie dort gewesen! Nein, unser beschränktes Wissen gilt immer nur der Gegenwart, das Zukünftige liegt stets im Unfassbaren, im Ungewissen.

So, wie auch unsere Altvorderen dem Vergessen anheim gegeben worden sind, ist das für uns alle, die wir noch im Wartestand leben, nur ein wenig tröstlicher Gedanke. Jemand hat mal formuliert: *»Wenn die Zeit kommt, wenn man könnte, ist sie meist vorbei, wenn man kann!«* Wir aber können nicht mehr, damit müssen wir uns abfinden, wir können nur noch schweigen, warten und träumen.

Einige werden sich nach dem Sinn ihres Lebens fragen, nach der Idee ihres Seins. Wohl niemand wird hierauf eine befriedigende Antwort finden, es sei denn, man habe Nachkommenschaft gezeugt, in der Hoffnung, diese werde die Mentalität und die ererbte Geisteshaltung des Erzeugers in seinem Sinne fortführen. Doch wankelmütig, wie des Menschen Geist nun einmal ist, werden sie immer wieder zweifelnd ihre Nachkommenschaft beobachten und sicher auch kritisieren. Wer denn schaut schon wirklich in das Hirn seiner Kinder hinein? Wer kann sich sicher sein, dass auch die Kinder im Sinne ihrer Eltern handeln werden? Wissen wir das nicht auch aus eigener Erfahrung? Haben wir immer nur nach den Vorstellungen unserer Eltern gehandelt? Auch wir hatten doch unsere eigenen Ideen, unsere Vorstellungen von unserem ganz persönlichen Leben. Denn waren wir nicht einzigartig, waren wir nicht selbstständige Individuen? Warum sollten wir so leben, wie es uns die Eltern vorgegeben hatten?

Hier nun aber im Wartestand wird um uns Alte das Schweigen, ein rätselhaftes, ein dumpfes Schweigen, zum bestimmenden Inhalt unseres altersschwachen Eigendünkels. Nichts von außen, nichts von jenseits der Glaswand kann unser niederdrückendes, beklemmendes Schweigen übertönen. Wir sind ihm ausgeliefert, können keinen Zugang finden zu der lauten, der widerhallenden Welt da draußen. Das Schweigen hat sich unser bemächtigt.

Nun, wie lange werden wir in diesem schweigenden und träumenden Wartestand verbleiben? Warten vergeht sehr langsam. Für einige dieser Warteständler kann der momentane Zustand nicht lang genug andauern, die anderen wünschen sich möglicherweise ihr schnelles Ende herbei, weil sie krank und hinfällig dahinsiechen oder weil sie zu der neuen Zeit keine Verbindung mehr herstellen können und wollen. Denn sie sind einsam und allein, verlassen – ganz allein für sich.

Ein jeder im Wartestand, ein jeder der Zurückgebliebenen, fühlt im tiefsten Innersten seinen kommenden Tod, verdrängt ihn, will ihn nicht wahrhaben. Jeder aber weiß, er ist unvermeidlich und ständig gegenwärtig.

Warum nicht an Sokrates denken, der meinte: *»Den Tod fürchten ist nichts anderes, als sich weise dünken und es doch nicht sein, denn es heißt, sich ein Wissen einzubilden, das man nicht hat. Weiß doch niemand vom Tode, ob er nicht vielleicht für die Menschen das größte aller Güter ist.«* Wir alle aber schieben den Tod beiseite, aus Angst vor dem Ungewissen, verdrängen das Unabwendbare, in der Hoffnung, Zeit zu gewinnen, und denken dabei: »Hoffentlich trifft es mich noch nicht jetzt.«

Was für eine Zukunft gibt es für uns Warteständler im Jenseits? Wenn überhaupt, vielleicht eine beglückende Zukunft für diejenigen, die im Glauben sind an die Insel der Seligen, an ein göttliches Paradies. Der Tod ist für sie eine Befreiung der Seele aus dem Gefängnis des Körpers und der Übertritt in die Unsterblichkeit. Sie bleiben ihrem kindlich-christlichen, dem jüdischen oder auch dem moslemischen Glauben vom Leben nach dem Tode treu, hoffen auf einen fröhlichen Himmel, auf ihren beseligten Garten Gottes mit seinen Engeln. Aber für viele andere ist vermutlich das

Wissen um den Tod, das »Nicht-Sein«, eben das absolute Ende, sowie auch der Glaube an ein unendliches Nirwana, an das Nichts im Jenseits, das eben nur aus dem Nichts besteht. Es gibt für sie kein Jenseits. Der Tod ist für sie das Ende allen Seins. Vielleicht sind sie die Glücklichsten, denn sie erwarten nichts. *Ach Menschheit, lass das Fragen, eine Antwort bekommst du nie!*«

Sehr viele werden wohl beim Denken an das Lebensende von würgender, schrecklicher Verzweiflung geschüttelt, von Schmerzen geplagt. Sie sehnen das Ende für sich herbei. Andere jedoch versuchen mit allen Mitteln ihr nun sicheres Sterben voller panischer Angst hinauszuschieben, in der so menschlichen Hoffnung, es möge gelingen und sie gewönnen eine kurze Ewigkeit mehr Dasein.

Ein jeder im Wartestand, immer den Tod vor Augen, mag glauben, was er will, die unfassbare, die unbekannte Unendlichkeit wird uns alle ganz bestimmt erreichen, ob wir wollen oder nicht. Vielleicht fröhlich diejenigen, die meinen, entrückt in ihr Paradies hinübergehen zu können, die anderen aber fragend, zweifelnd, auf dem Weg in ein unbekanntes, dunkles Jenseits, oder auch eventuell die anderen, die unbeeindruckt dem absoluten, dem totalen Nichts, dem Nirwana entgegensehen, dem Pfad ins *»Verlöschende, Verwehende«*. Nichts aber ist so gewiss für ein jedes Leben wie der Tod!

»Ihr sprecht: Man soll das Alter ehren,
doch nimmer sollt ihr mich belehren,
dass eines alten Esels Melodei
harmonischer als die eines
jungen sei.«
Friedrich von Sallet 1812–1843

Dies, liebe Freunde, ist eines alten Esels Melodei,
des Denken ungeschminkt hier aufgeschrieben sei.
Mit spitzer Feder
zieht er jetzt vom Leder.
Denn auch sein Wartestand ist nun bald vorbei!

Sonnenuntergang – Das Alter

Ich blinzelte in die letzten Sonnestrahlen, als von der Bank
nebenan die Stimmen lauter wurden. Es war die etwas
schrille Frauenstimme, die offensichtlich ihrem Mann Vor-
haltungen machte. Mit scheinbar leiser, aber doch auffällig
deutlicher Stimme warf sie ihm vor, dass er dem Franz zu
viel Geld gegeben habe. Ich konnte alles gut verstehen.
Natürlich wusste ich nicht, wer der angedeutete Franz war.
Vielleicht ein Sohn? Sie fügte hinzu, dass sie beide in ihren
jungen Jahren von niemandem unterstützt worden seien.
Sie hätten es schließlich auch ohne fremde Hilfe, ganz allein geschafft, einigermaßen gut durchs Leben gekommen
zu sein. Der Franz sollte es doch auch selbst versuchen.

Mit ruhiger und gelassener Stimme entgegnete er, dass
nun schließlich andere Zeiten angebrochen seien. Sie hätten jetzt genug, um einen ruhigen Lebensabend genießen
zu können. Dann hörte ich ihn deutlich sagen: »Ach, Mutt-
chen, nun sei man stille, wir haben doch alles, was wir
brauchen. Ich fühle mich wohl und bin zufrieden mit dem,
was wir haben. Was willst du denn sonst noch alles?«

»Ich möchte mit dir verreisen, irgendwohin, wo wir noch
nicht waren. So viele Leute fliegen nach Mallorca, warum nicht wir?« Nach einer kleinen Pause fügte sie hinzu:
»Immer sagst du Nein, wenn ich etwas will. Immer geht
es nach dir. Nie fragst du mich, was ich wohl gerne hätte!
Solange wir nun zusammen sind, nie hast du mich gefragt,
nie hast du mir einen Wunsch erfüllt, immer ging es nur
nach deinem Willen. Jetzt endlich will ich auch mal etwas
für mich haben!«

»Mein Deern, nun sei man ruhig. Seit über dreißig Jahren sind wir jetzt verheiratet. Seit dreißig Jahren hast du
mich! Ein schlechter Mann war ich dir wohl auch nicht. Ist

das denn für dich gar nichts? Du hast die Kinder von mir, die du wolltest, wir haben ein hübsches kleines Häuschen und wir haben bis heute ein gutes Auskommen. Reicht dir das denn noch alles nicht? Ich möchte nun endlich meine Ruhe haben. Endlich nicht mehr diese Hektik und die vielen Leute um mich rum!«

Ich neigte meinen Kopf in ihre Richtung. Selbst auf diese Entfernung konnte ich sehen, wie ihr Gesicht rot anlief.

»Ja«, antwortete sie. »Seit dreißig Jahren habe ich dich bekocht. Seit über dreißig Jahren habe ich die Kinder erzogen. Seit dreißig Jahren habe ich mich um dein Wohlergehen gekümmert. Seit dreißig Jahren habe ich immer das getan, was du wolltest. Kannst du dir nicht denken, dass auch ich Wünsche habe? Schließlich bin ich noch nicht so alt, um hier zu versauern. Endlich möchte ich mal etwas vom Leben haben, etwas, was mir Spaß macht.«

Nach einer längeren Pause antwortete er: »Hast du denn mit mir keinen Spaß gehabt? Du tust so, als ob dein Leben mit mir nur Arbeit, Mühe, Last und Plage war. Wir hatten auch schöne Zeiten. Die vergisst du. Aber auch du hast Freude an unseren Kindern gehabt. Wir haben unser kleines Häuschen gebaut. Das hat auch dir gefallen. Seit die Kinder aus dem Haus sind, bist du nur noch am Nörgeln mit mir. Nichts kann ich dir mehr recht machen. Immer hast du an mir etwas auszusetzen. Warum nur? Dreißig Jahre haben wir uns vertragen, jetzt, wo wir älter geworden sind, meckerst du nur noch an mir rum.«

Er hatte sich in Rage geredet, sein Gesicht war hochrot angelaufen. Die Stimme war lauter geworden. Sie überschlug sich. Mit den Händen fuchtelte er vor ihrem Gesicht herum. Er stand auf, beugte sich zu ihr hinunter und rief laut: »Nach dreißig Jahren fängst du an, dauernd an mir rumzumäkeln. Nichts kann ich dir mehr recht machen.«

»Du brauchst mich nicht so anzuschreien. Das hast du

dreißig Jahre nicht gemacht, muss das jetzt sein, hier in aller Öffentlichkeit? Halt dich doch zurück und hör mir endlich auch einmal zu«, fauchte sie ihn an.

Er schnappte nach Luft, griff sich ans Herz. Sein Gesicht war kreidebleich. Er torkelte. Seine Augen quollen hervor, Schaum stand ihm auf den Lippen. Dann fiel er auf seine Frau, zuckte noch einmal kurz mit den Armen. War das das Ende?

Ich war zu den beiden hingestürzt. Wollte helfen. Ich zog ihn auf die Bank. Er gab keinen Laut mehr von sich. Sein Körper sackte zusammen. Schlaff hingen seine Arme herunter.

Sie hatte ihren Arm um ihn gelegt, hielt seinen Kopf in den Händen. Mit trüben Augen sah sie mich an. Ich fragte: »Ihr Mann hat sich so aufgeregt. Hat er einen Herzfehler gehabt?« Sie bejahte und meinte: »Irgendwie hab ich das kommen sehen. Er hat sich immer über jede Kleinigkeit aufgeregt. Das ging schon seit Jahren so.«

Ich setzte mich neben sie und versuchte sie zu trösten. Mit einer leichten Handbewegung wies sie mich zurück. »Ach, lassen Sie man, ich komme schon alleine klar. Wenn Sie einen Krankenwagen rufen würden, wäre ich Ihnen dankbar«, meinte sie sicher und bestimmt. Offensichtlich beherrschte sie die Situation.

Einige Passanten, die das Geschehen verfolgt hatten, starrten uns an. Ich bat einen von ihnen, den Kranken- wagen zu rufen.

Der alten Frau lief eine kleine Träne die Wange hinunter. Sie sah mich gefasst an und murmelte: »Das alles hab ich kommen sehen. Außerdem hat er ja auch sein Alter. Er ist vor vierzehn Tagen achtzig geworden. Das ist doch ein schönes Alter, oder?« Nachdenklich fuhr sie fort: »Ja, jetzt bin ich allein. Jetzt kann ich endlich das tun, was ich schon immer wollte.« Sie hielt inne, drückte ihren toten Mann an die Brust und fuhr fort: »Die dreißig Jahre Ehe waren für mich auch kein Zuckerschlecken, das können Sie mir ruhig glauben. Es war nur Arbeit und Schufterei, jetzt aber bin ich endlich frei!« Ein paar kleine Tränen kullerten ihr dabei aus den Augen.

Der Krankenwagen kam. Die Helfer legten den toten Mann auf eine Bahre und schoben diese in den Wagen. Die Frau begleitete ihren Mann zu seiner letzten Fahrt. Mit einem Kopfnicken verabschiedete sie sich von mir.

Ich setzte mich wieder auf meine Bank. Die vielen Neugierigen hatten sich abgewandt. Nun war ich wirklich ganz allein im Park auf der Bank.

Die Sonne versank langsam hinter dem Horizont. So, wie dieser Tag gemächlich zu Ende ging, hatte sich auch ein Leben, ein menschliches Leben von der Erde verabschiedet. Dunkelheit stieg allmählich auf. Es würde Nacht werden, eine dunkle Nacht, nur von Sternen schwach erhellt. Auch diese Nacht barg oft Alleinsein, Zaudern und Zweifel in sich. Aber versprach sie andererseits nicht auch die absolute Sicherheit über das Wiedererscheinen des nächsten Tages, über den neuen Sonnenaufgang? Die Nacht und der Tod, beide waren unabänderlich, immer wieder kehren sie zurück, zurück zu den Lebenden.

Einige, die ganz nahe dem Tod waren und wieder zurückgeholt wurden zu den Lebenden, berichteten, sie hätten ein helles Licht gesehen und ein tiefes Gefühl des Wohlbefindens empfunden. Vielleicht war dies für einige wenige das helle Licht, das für sie über den Tod hinaus erstrahlt.

So, wie sich für uns alle erkennbar der Kreislauf von Tag und Nacht, von Sommer und Winter darstellt, kann es nicht eben diesen Kreislauf von Geburt und Tod, von Sterben und Wiederauferstehen geben? Es gibt doch auch den Wechsel von Hell zu Dunkel, von Werden und Vergehen. Ist das alles nicht doch ein ewiger Kreislauf von Geborenwerden und Sterben?

Wir alle wissen vom Wiederaufgang der Sonne am nächsten Tag. Immer wieder, Tag für Tag, wird sie uns ihr Licht schenken, wird uns damit Gewissheit, Verlässlichkeit und Vertrauen für einen weiteren Lebensabschnitt geben. Aber der schlussendliche Tod kommt bestimmt; zu jedem von uns.

Mit dieser Erkenntnis und dem Wissen um die Unabänderlichkeit des allgegenwärtigen Endes eines jeden Lebens ging ich tief in Gedanken versunken nach Hause.

»Der Tod ist die Befreiung der Seele aus dem Gefängnis des Körpers und ihres Übertritts in die Unsterblichkeit.«
Platon 427–347 v. d. Ztr.

Der Tod steht heute vor mir,
Wie wenn jemand Sehnsucht
nach seiner Heimat hat,
Der viele Jahre in Gefangenschaft weilte.
Ägyptischer Papyrus um 2600 v. d. Ztr.

Der barmherzige Tod

Ein Freund. Seine und meine Familie, wir trafen uns öfter. Wir kannten uns schon über Jahre. Wir Männer unterhielten uns über die Probleme der Zeit, über die Arbeit, über Politik. Eben alles, worüber Männer miteinander sprechen. Für die Frauen waren andere Themen ausschlaggebend. Kindererziehung, Schule und nicht zuletzt Rezepte und was man am günstigsten wo kaufen konnte.

Mit der Zeit bemerkte ich an diesem Freund einige Veränderungen, sowohl körperlicher als auch seelischer Natur. Sichtlich magerte er ab, war sehr nervös, und wir sahen uns seltener. Doch wenn wir uns trafen, war der fortschreitende körperliche Verfall nicht mehr zu übersehen. Als ich ihn darauf ansprach, wich er erst aus. Dann aber, nach einer langen Pause, erklärte er mit belegter Stimme: »Ich habe Krebs.«

Zuerst konnte ich kein Wort sagen, war doch meine Mutter auch an Krebs gestorben. Nachdem wir uns, ich ruhig, er nur scheinbar ruhig, in die Ecke seines Wohnzimmers verkrochen hatten – wir waren alleine –, erzählte er mir, dass er Dickdarmkrebs habe und bereits seit einer geraumen Zeit an den ekligen und widerlichen Folgen dieser schrecklichen Krankheit zu leiden habe. Er wüsste von dieser Krankheit schon ein knappes Jahr. Der Arzt habe ihm auch klar gemacht, dass sein Leiden in diesem Stadium nicht mehr heilbar sei. Seiner Frau habe er sich auch sehr spät anvertraut und ihr dann darüber berichtet. Er wollte sie nicht beunruhigen.

Ich überlegte, wie ich ihn trösten könne, aber es war nur eine ganz kurze Überlegung, die ich auch sofort verwarf. Denn Trost in so einem Fall schien mir unzumutbar und wirklich nicht empfindsam genug. Wie soll man jemanden trösten, der den unabwendbaren Tod vor Augen hat?

Hier war ein Freund, der dem Tod sehr nahe stand, der von seinem Zustand wusste, der dem voraussichtlichen Ende nicht mehr entrinnen konnte. Was kann ein Freund tun, wie seinem Freund in so einem Fall beistehen? Diese Frage beschäftigte mich tagelang. Es fiel mir ein Spruch in die Hände, der mir für unser Verhältnis sehr passend erschien:

Es ist äußerst wichtig, den sterbenden Menschen
anzusprechen,
ihm zu sagen, dass der Tod an diesem Punkt
kein Mythos ist,
sondern tatsächlich eintritt.
»Er tritt tatsächlich ein, aber wir sind deine Freunde,
und deshalb schauen wir dir zu bei deinem Tod.
Wir wissen, dass du stirbst, und du weißt, dass du stirbst,
und so treffen wir an diesem Punkt zusammen.«
Das ist der edelste und beste Beweis von Freundschaft
und Verbundenheit,
und er gibt dem sterbenden Menschen
unvorstellbar reiche Inspiration.
Chögyam Trangpa

Dieser Spruch ging mir sehr zu Herzen. Ich sprach mit ihm darüber, viele Stunden, viele Tage. So langsam vermeinte ich zu spüren, dass er begann, seinen Tod zu akzeptieren, obwohl ich bemerkte, es fiel ihm sichtlich schwer. Häufig suchte ich ihn nun auf. Von Tag zu Tag ging es ihm schlechter. Es waren seine ständigen Schmerzen, die ihn verzweifelnd, mal aufbrausend, dann aber wieder weinerlich werden ließen. Ich spürte, wie er unsäglich litt. Aber auch an mir ging das Mitleiden nicht spurlos vorüber. Dann, wenn ich allein war, dachte ich an ihn, dachte daran, wie es mir in so einem Fall gehen würde. Nach und nach verfestigte sich bei mir die Empfindung, dass es in so einer Situation keine anderen Möglichkeit gab, als den Tod uneingeschränkt zu akzeptieren.

Eine Gruppe von Freunden traf sich bei ihm. Wir alle sprachen über den Tod. In dieser Gesprächsrunde war er immer dabei. Es gelang uns mit der Zeit, ihn von der Unabänderlichkeit seiner Situation zu überzeugen. Es wäre sinnlos, sich gegen den Tod zu stellen, gegen ihn anzukämpfen. Bald kam auch er zu dieser Überzeugung. Ob es die ewigen Schmerzen waren, ob ihn unsere Gespräche umgestimmt hatten, ich weiß es nicht. Er aber wurde trotz der ewigen Schmerzen ruhiger. Manchmal war sogar etwas von seiner früheren Fröhlichkeit zu spüren, dann wieder fehlte es nicht an bissiger Kritik gegen uns, die es an einem gewissen wohlwollenden, gleichzeitig auch eher einem betont arroganten Galgenhumor des gegenwärtig Besserwissenden nicht fehlen ließen. Ich hatte den Eindruck, dass er seinen baldigen Tod inzwischen akzeptiert hatte, uns aber deutlich machen wollte, nur er wüsste, wo es langginge, während wir diesen Weg noch vor uns hätten.

Als ich ihn dann einmal – unter vier Augen – darauf ansprach, bestätigte er mir diese Annahme in mehr oder weniger gewundenen Worten, eher als Gegenfrage.

Für uns Freunde, aber auch für seine Familie war uns klar geworden, dass er nun seinen kurz bevorstehenden Tod angenommen hatte. Ein anderer Freund hatte über einen Arzt Morphium besorgen können, sodass die Schmerzen für ihn erträglicher wurden.

Doch dann musste ich mich wegen einer längeren Reise von ihm verabschieden. Bei dieser Gelegenheit sagte er mir, dass er den Tod endlich herbeisehne. Denn so, wie er nun lebe, sei sein Dasein nicht mehr lebenswert. Beim unabwendbaren Abschied flossen Tränen. Aus der Ferne schrieb ich ihm einen langen Brief, in dem ich auf das Unabänderliche eines jeden von uns hinwies und darauf, dass er in unserem Kreise immer unvergessen bleiben würde.

Ich habe ihn bei meiner Rückkehr nicht mehr lebend angetroffen. Später bestätigte mir seine Frau, dass er den Brief noch habe lesen können und sich über meine Nachricht gefreut und sie dankbar angenommen habe.

Vielleicht brauchen wir die Schmerzen, um im unabänderlichen Tod auch die Barmherzigkeit zu erkennen.